UNE DERNIÈRE FOIS

ALEXANDRE CHARBONNEAU

Un gros merci au groupe Les lecteurs de romans "Noir/Horreur/Policier" pour tout le positivisme qu'il apporte à de nombreux auteurs et lecteurs. J'espère que ce roman sera à la hauteur du divertissement que vous méritez :)

En mémoire de Mylène Dubhé, une jeune auteure partie beaucoup trop tôt.

Copyright © 2023 Alexandre Charbonneau

Tous droits réservés. Aucune partie de ce livre ne peut être reproduite sous quelque forme que ce soit sans la permission écrite de l'auteur, sauf dans le cas d'une critique littéraire.

Conception de la couverture : Hervée Charbonneau

Mise en pages : Alexandre Charbonneau

Première impression : 2023

https://www.facebook.com/AlexandreCharbonneauAuteur

Titre: Une dernière fois / Alexandre Charbonneau

Noms: Charbonneau, Alexandre., 1986- auteur.

AVERTISSEMENT

Ce roman de fiction contient des scènes et des propos qui peuvent heurter la sensibilité de certains lecteurs.

ORIANE

M

Chapitre 1

Ce qu'Oriane déteste le plus au monde résonne.

Son réveil matin.

Ses yeux s'ouvrent grand. Pendant une microseconde, l'irritation est telle que son esprit, encore embrouillé, ne pense qu'à détruire la source de ce foutu bruit. Puis, Oriane se souvient qu'elle a des obligations, qu'elle doit travailler.

Elle retire ses larges couvertures au design de Naruto[1] puis se redresse. Soupire en réalisant qu'elle est encore très fatiguée malgré les huit heures de sommeil. Elle a même demandé à ses deux colocs de ne faire aucun bruit ni party (même si pour eux, c'est quasiment sacré de fêter le vendredi soir) et pourtant, elle est épuisée. Elle qui vient d'avoir vingt-six ans il y a deux semaines, elle a l'impression d'avoir l'énergie d'une femme de l'âge d'or.

Sa vision se précise tandis que son esprit quitte définitivement le monde de Morphée, puis elle se lève. Même si elle donnerait tout pour pouvoir rester dans son lit des heures encore.

Elle regarde les quatre murs blancs de sa chambre en maudissant son côté procrastinateur, voulant vraiment un jour peinturer ceux-ci en bleu pour que ce soit plus beau, moins vide.

Quelle heure est-il ? 8 h 17… Elle a pesé le snooze et oublié, on dirait. Un très court moment de répit qu'on oublie, qui se retourne presque contre nous : l'ironie du bon vieux snooze.

---

[1] Animé japonais populaire.

Allez. Plus de temps à perdre. Elle ne peut pas encore arriver en retard au travail. Ça fait deux fois ce mois-ci, et la dernière fois, l'agent de sécurité qu'elle relaye avait dit d'un ton bien fort qu'il « ne faut pas que ça devienne une habitude » avec le plus dur des regards.

Vêtue de son pyjama rayé, elle se retrouve dans le salon qui est relié à la petite cuisine. Plusieurs assiettes utilisées et une boîte de pizza presque vide reposent sur leur vieux sofa, devant la grande télé 60 pouces. Pas de doute : Simon a joué à la PlayStation 5 presque toute la nuit. Oriane lui a déjà dit de ramasser son bordel avant de dormir… Il va sans doute lui sortir son excuse habituelle, qu'après avoir mangé, il se sent toujours trop fatigué et qu'il s'endort tout de suite, qu'il le fera demain.

Elle dépose deux tranches dans le grille-pain, sort le pot de beurre d'arachide entre deux bâillements et démarre la machine à café. En ouvrant la porte de la salle de bain, qui grince de manière infernale comme celle d'une maison hantée, elle grimace de gêne, ne voulant pas réveiller ses deux colocs. Mais elle se souvient que Simon dort dur comme un ours en hibernation, et que Martin est parti dormir chez sa « *fuckfriend* », terme qu'il a dû répéter trente fois, par fierté excessive.

Devant le miroir sévère qui lui rappelle d'un coup de fouet mental à quel point sont défaits ses longs cheveux roux, elle brosse ceux-ci à la hâte en rêvant de son café. Sourit en observant son double, se remémorant que Simon et Martin ne cessent de lui dire qu'elle ressemble à l'actrice Karen Gillan, alors qu'elle ne partage vraiment pas cette impression.

Un nettoyage de dents plus tard, elle revient vite préparer son café et constate qu'il est déjà 8 h 25. Encore dix minutes et elle devra partir, sinon elle arrivera certainement en retard.

En mangeant ses toasts d'une bouche pressée, elle roule des yeux en tombant sur l'affiche d'une femme presque à poil dans le Salon. Elle se trouve bien patiente et ouverte d'esprit de tolérer ce genre de choses, mais peut-être que ses colocs pourraient faire des efforts, aussi…

Elle retourne dans sa chambre, enfile son uniforme d'agente de sécurité puis se dirige vers la sortie. Le café combat bien mollement sa fatigue.

Elle descend les vieux escaliers, gagne l'extérieur puis s'engage dans la rue Montgomery. Sur le coin de la rue Ontario Est reposent de nombreux bris de bouteilles de bière. Sûrement des clients un peu chaotiques du bar de danseuse SexyLadies. Elle croise le Tim Hortons et maudit son réveil tardif ; d'habitude, elle a le temps de s'acheter un café ici, qu'elle trouve meilleur.

Sur le trottoir, il y a encore ce monsieur au chapeau, dans la quarantaine, ressemblant à un itinérant, qui dresse une pancarte arborant des textes sur Dieu et criant que les démons sont partout, que tout le monde est « *fucké* », qu'il faut se réveiller…

Elle a un peu mal à la tête, et ces hurlements n'aident pas. Les migraines surviennent fréquemment, ces temps-ci.

L'automne, qui s'est installé depuis longtemps, est particulièrement maussade, aujourd'hui… et un peu frisquet. Elle sait qu'à la fin de son quart, elle regrettera de ne pas avoir amené de manteau plus chaud.

Oriane entre dans la station Frontenac en se secouant le visage, lasse de son engourdissement tenace. À leur habituel poste : la dame dans la quarantaine qui est assise dans la cabine du métro, presque invisible derrière son écran d'ordinateur tellement elle est petite, et Bob, le sans-abri bedonnant qui empeste l'alcool. Le regard vitreux et presque désespéré, ce dernier lève timidement la main vers Oriane, qui fait « non » d'une expression désolée. Étant étudiante à l'université, en appart et travailleuse à temps partiel, elle a bien peu de sous à donner. Son seul avantage financier est qu'elle n'a pas besoin d'auto pour se rendre au travail, ou à quelconque endroit de Montréal.

Le métro est très peu achalandé, comme à chaque samedi matin. En rentrant dans le train, elle constate la présence d'un gars d'environ 18 ans aux cheveux longs bruns avec une mèche grise bizarre. Son regard est perdu dans son cellulaire. Plus loin, une grande femme vêtue d'un veston chic, qui demeure debout même si les bancs libres autour ne manquent pas.

Quelques stations et une marche rapide plus tard, Oriane parvient à l'entrepôt d'Ekinz, une compagnie vendant des boissons gazeuses qui gagnent en popularité au Québec. La fin de semaine, la place est fermée, mais des gardes de sécurité sont nécessaires pour assurer que tout se passe bien jusqu'à lundi matin.

Elle contourne le gros bâtiment rectangulaire qui affiche son nom un peu partout, arrive à l'imposante grille puis salue le mi-trentenaire de l'autre côté, qui s'approche d'elle. L'agent de sécurité de nuit frotte ses yeux puis débarre le cadenas de l'entrée.

— Moins cinq… T'es un peu juste, dit Mathieu en consultant sa montre.

— Bonjour. Oui, désolée.

Mathieu hausse les épaules comme si c'était perdu d'avance, puis invite Oriane à rentrer dans la petite guérite.

— Y'a rien de spécial, lâche Mathieu. Je te laisse les clés et le cellulaire…

Comme Mathieu le dit, il n'y a rien de spécial autour. Toujours cette bonne vieille cour sans aucune vie, mais remplie de gros camions de livraison, endormis jusqu'à lundi. Elle ne regrette pas de côtoyer aucun camionneur ; disons que les quelques fois où elle a remplacé durant la semaine, l'humour de « mononcle » était assez présent merci.

Mathieu dépose le trousseau et le téléphone portable, puis quitte la place sans un au revoir. Pas de très bonne humeur, aujourd'hui… Oriane ne peut pas s'empêcher de s'en vouloir. C'est vrai que le règlement exige que les agents arrivent quinze minutes en avance ; (même si personne ne le respecte) elle pourrait faire un effort pour se présenter plus tôt, si ça peut donner à Mathieu, l'éternel amer, un début de sourire…

L'homme blasé disparaît derrière le bâtiment tandis qu'Oriane rebarre en arrière de lui. Une énergie la gagne en même temps que la bonne humeur, car elle aime bien son travail. En réalité, elle apprécie surtout le fait qu'elle peut étudier tranquillement ses notes de criminologie, en étant carrément payée pour. Les voleurs ne prennent pas la peine de tenter leur chance, ici. Tout est cadenassé, barré, en plus de la propre présence d'Oriane et celle de Roland, le concierge, même si la plupart du temps, celui-ci se contente de dormir, et qu'il n'est à peu près jamais là le week-end. Il y a aussi un poste de police de l'autre côté de la rue. Ça ne vaut pas le coup de risquer un casier judiciaire pour voler quelques canettes…

La guérite est un peu plus sale que d'habitude. Et la chaufferette donne encore plus l'impression qu'elle va rendre son dernier souffle chaud.

Sacré Mathieu. Son seul bon côté, c'est sa copine, Judith, qui est super sympathique. Oriane est d'ailleurs devenue bonne amie avec elle, et les deux filles échangent régulièrement des appels téléphoniques et des textos. Il y a eu une chimie immédiate à leur première rencontre. Oriane apprécie particulièrement l'autodérision de Judith, ainsi que son côté direct. Elle n'a pas changé d'une miette, même si elle vient d'avoir un enfant.

Oriane s'assoit sur la vieille chaise à roues devant l'ordinateur, puis accède à ses courriels. De là, elle ouvre ses notes de cours, qui portent sur la psychologie des psychopathes. Après quelques minutes, elle reçoit un texto. C'est bien surprenant, car ses amis ne sont pas matinaux à ce point.

Le message vient de son frère, Barthélemy.

Salut Ori, tu vas bien ?

Les lèvres d'Oriane se crispent en un rictus de malaise. À quand remonte leur dernière rencontre ? Des années ? Elle s'attendait autant à recevoir un texto de la part de son frère qu'un appel d'outre-tombe de Michael Jackson.

Elle avait oublié ce surnom, Ori. C'est seulement lui qui l'appelle de celle façon.

Oriane a une relation bizarre, distante avec son frère. En fait, celui-ci a une relation bizarre avec à peu près tout le monde. C'est un gars très introverti, parfois pris d'un mal être intérieur profond, parfois empreint d'un mystère insondable, obscur. Il n'a pas toujours été comme ça. En réalité, Oriane et lui étaient très proches autrefois, avant ses vingt ans environ. Après, il s'est refermé lui-même.

Qu'est-ce qu'il lui veut ? La dernière fois qu'ils se sont croisés, c'était il y a deux ans au souper de famille à Noël, et Barthélemy n'était passé qu'une dizaine de minutes pour saluer tout le monde, échangeant des politesses vides, simples, un peu comme on le ferait en compagnie d'un collègue de travail avec lequel on n'a aucun atome crochu.

Elle hésite, puis décide de ne pas répondre. C'est lui qui a coupé les ponts avec tout le monde, après tout.

Il y a d'autres choses à penser. Ses examens universitaires dans une semaine. Le souper avec son chum ce soir dans un restaurant chic.

Déterminée à oublier ce texto, elle plonge son esprit dans ses notes.

*

De retour à la maison, autour de 21 h 30, elle remarque la présence Simon, mais pas de Martin. La porte de la chambre de celui-ci est ouverte et on ne l'aperçoit pas à l'intérieur.

— Hé bien… Ça marche bien, Martin, avec sa nouvelle conquête, lance Oriane en posant sa veste d'agent de sécurité.

— Hein ? Heu, ouin, répond distraitement Simon, concentré sur son jeu vidéo.

— Il ne va pas se mettre en couple, quand même ? dit Oriane avec une pointe d'humour.

Simon ricane machinalement tandis que la nouvelle arrivée se prend un morceau de pizza. Elle sait que ça ne dérange pas Simon qu'elle se serve. De toute façon, il ne semble même pas l'avoir remarqué.

— C'était bien ta journée à job ? demande Simon, en lançant un rapide regard vers sa coloc.

— Tranquille, comme d'hab ! J'ai pu étudier pas mal.

— Ah ouin, t'as des exams bientôt.

Une musique plus dramatique résonne dans l'appart : Simon affronte un *boss* dans son jeu. Oriane sait qu'elle ne pourra plus converser avec lui pour un petit moment.

Elle entre dans sa chambre, se met en pyjama puis revient observer Simon jouer. Elle ne connaît pas vraiment ce jeu. Simon contrôle un guerrier à l'épée surdimensionnée et il combat un démon ailé immense.

Puis, elle reçoit un nouveau texto. De Barthélemy. Ses yeux s'arrondissent d'étonnement.

Ori, j'ai besoin de ton aide. Sinon, je vais mourir.

Chapitre 2

Le cœur d'Oriane suspend ses battements.

Quoi ? Mais de quoi il parle ?!

Elle s'apprête à l'appeler, hésite, puis se décide à le texter plutôt.

Salut. Qu'est-ce que tu veux dire ?

Assise en position indienne sur son lit, Oriane patiente quelques secondes qui paraissent quelques heures, puis reçoit un nouveau texto de son frère.

Je suis à Montréal. Est-ce que je peux habiter chez vous quelques jours ?

Oriane fusille son cellulaire du regard. Il ne veut pas répondre ou quoi?

Qu'est-ce que tu veux dire par « je vais mourir » ??

J'aimerais mieux te raconter tout ça en personne.

Ok. Est-ce que tu peux venir au bar Nocha ? C'est juste à côté de mon appart.

Pas de réponse. Oriane se gratte les cheveux, impatiente, jette un coup d'œil mécanique sur Simon qui se bat encore contre elle ne sait quel monstre virtuel, pis reçoit enfin un message.

Je m'en viens. J'arrive dans 30 minutes.

Oriane ne sait pas si elle doit se sentir rassurée qu'il vienne s'expliquer ou tendue de revoir son frère étrange.

Mourir ? Mais de quoi peut-il bien parler ? Quelqu'un le menace ? Pourquoi ne pas avertir la police, alors ?

Elle a l'impression qu'elle va le mitrailler de questions, quand elle va le voir.

Qu'est-ce qui peut bien lui arriver ? Malgré son côté excentrique, ça a toujours été LE type sans histoire.

— Hey Simon, je dois aller au bar à côté.

L'interpellé lâche d'abord un « *fuck !* » irrité en constatant qu'il est encore mort dans son jeu, puis dit :

— Ah ouin ? Pourquoi au bar ? Tu travailles pas demain aussi ?

— Oui, samedi et dimanche toujours. Mais mon frère m'a texté et il veut me parler.

— Ton frère le *weirdo* que tu disais ?

Oriane a presque eu le réflexe de le contredire, n'aimant pas qu'on rabaisse son frère même s'ils ne sont plus si proches, mais se souvient que c'est elle-même qui en avait parlé de cette façon à ses deux colocs.

Elle hausse les épaules, puis dit d'un ton qu'elle croit détendu qu'elle va voir ce qu'il veut.

— Je peux venir avec toi, si tu veux. Un peu écœuré de me faire péter par ce boss de marde. Une couple de bières me feraient pas de tort.

— Non, ça va. Avec mon frère, c'est jamais très festif, et je ne vais pas rester longtemps, je travaille demain.

Simon répond d'un « hmm » machinal. Oriane ne croit pas qu'il soit vexé.

Elle entre dans sa chambre, enfile un t-shirt, un jean troué puis un petit manteau de cuir et quitte l'appart.

Le froid est plus mordant dans la soirée. Tremble-t-elle à cause de celui-ci, ou c'est dû à la nervosité de rencontrer Barthélemy ?

Reprends-toi, Oriane. C'est ton frère, pas une espèce de psychopathe meurtrier, quand même…

La voilà arrivée au bar Nocha. Beaucoup trop en avance pour le rendez-vous, mais elle s'est dit qu'une bière pour la relaxer allait aider.

L'endroit est assez rustique, diraient les plus gentils, et miteux, diraient sans doute les autres. Ça lui importe peu.

— Salut ! Qu'est-ce que je te sers ? demande la dame quarantenaire au visage abîmé par la drogue et une vie dure, mais qui demeure de bonne humeur.

— Hey ! Une Molson Dry, s'il te plaît.

— Ok! Tu veux un verre ou tu bois ça direct en bouteille ?

— Direct en bouteille, c'est ben correct ! répond Oriane d'un air entendu.

— Je t'amène ça, ma belle !

Tandis que la serveuse va chercher la commande, Oriane observe les autres clients. Deux femmes en surpoids avancé ricanent fortement en buvant chacune un shooter, à une table. Au comptoir, un homme dans la mi-soixantaine aux cheveux longs gris, faisant penser à une ancienne rockstar. Un habitué ; elle se souvient l'avoir déjà vu, la dernière fois qu'elle est venue. Il boit un verre d'alcool fort, l'air songeur, le regard baissé.

La seconde même où la barmaid pose sa bière, Oriane l'empoigne et boit une bonne gorgée. Après un quart de travail de 12 heures, ça fait du bien, même si la Molson Dry est loin d'être sa bière préférée. Il n'y a pas une grande diversité de boissons dans cette vieille taverne, mais ce n'est pas bien grave. C'est le seul endroit près de chez elle qui vend de l'alcool tard, hormis le bar de danseuses.

La porte d'entrée s'ouvre. Oriane se raidit. Mais ce n'est qu'un homme dans la quarantaine qui jette un œil, puis s'en va, l'expression déçue.

Fausse alerte.

Qu'elle aurait dû voir venir : Barthélemy a bien dit 30 minutes.

Elle regarde l'heure sur son cellulaire. 21 h 40. Il devrait arriver vers 22 h.

En respirant un bon coup, elle prend une autre gorgée de bière, puis fouille dans ses souvenirs, n'arrive pas à mettre le doigt sur ce qui est arrivé entre son frère et le reste de la famille.

Difficile de demeurer calme après ce qu'il a dit dans son texto. Peut-être aurait-elle dû amener Simon avec elle pour avoir du support, réflexion faite…

Les deux dames se lèvent et quittent le bar en multipliant leurs rires, suggérant qu'elles vont continuer de fêter ailleurs. Il ne reste donc qu'Oriane, la barmaid et l'habitué. Ce dernier jette des coups d'œil (qu'il pense peut-être discrets) sur elle assez souvent. Il ne lui donne pas l'impression d'être bizarre ou dangereux. En fait, il lui inspire une certaine tristesse, même de la pitié. Depuis combien de temps traîne-t-il ici, à noyer son foie, ses souvenirs et sa vie dans l'alcool ? Dans cette taverne qui a de la difficulté à avoir plus de 3 ou 4 clients un samedi soir ?

Martin l'inquiète aussi, en plus de son frère. Après deux ans de colocation, lui et Simon sont devenus de bons amis à elle. Ce n'est pas son genre de rester coucher chez une fille. Il préfère toujours s'en aller, se sentant mal à l'aise avec sa conquête après l'acte sexuel, voulant retrouver la paix. C'est un célibataire endurci et il est bien content de l'être. Oriane est un peu l'inverse. Elle a toujours été en couple, et seule, elle se sentirait bizarre. Ça fait trois ans ce soir qu'elle sort avec Jordan, et malgré sa fatigue chronique étrange qui l'assaille depuis des semaines, elle est plus heureuse que jamais.

Oriane tique, se souvenant de quelque chose d'important.

Elle ouvre son cellulaire, constate que son copain lui a laissé plusieurs messages. Ils datent de plusieurs minutes. Comment se fait-il qu'il n'y ait eu aucune vibration, aucune notification ?

Oriane, je suis là ! :)

Hello?

Je t'attends… :)

Je rentre, coudonc !

Simon m'a dit que tu étais partie au bar ? Comment ça ? On devait pas souper ensemble ? Je suis venu te chercher en char.

Allo ?

Comment elle a pu manquer ça ? Elle se hâte de lui répondre, lui explique en vitesse l'histoire avec les messages de son frère. Elle préfère ne rien dire sur la partie « que son frère va mourir », préférant être plus vague et parler de problèmes graves.

Ton frère ? Bon… Ok. La famille c'est important. On se reprend pour fêter nos trois ans ensemble, coudonc.

Pas de ses habituels bonshommes sourire qu'il y a dans quasiment tous ses textos. Il n'est pas content. Cette soirée lui tenait à cœur.

Oriane secoue désespérément la tête. Comment a-t-elle pu oublier ça…

La barmaid lui demande si elle veut une nouvelle bière. Oriane est surprise en constatant qu'elle a déjà fini la sienne. Elle accepte.

Nouveau texto. Peut-être encore Jordan.

Non, c'est Barthélemy. Elle lit son message :

J'arrive pour te tuer, Ori

Chapitre 3

Après la rouquine, Bob n'a vu personne d'autre entrer ou sortir du métro. Il a récolté combien, aujourd'hui… Dix dollars ? Un burger au McDonald à côté lui ferait pas mal de bien. Il a tellement faim…

Cette fille qui vient de passer… Elle ne lui donne jamais rien. Tout ce qu'elle exhibe, c'est son fichu visage souriant, mais jamais une seule pièce.

Ces gens pensent-ils qu'à défaut de lui remettre un peu d'argent, ils peuvent au moins le regarder, par politesse ou respect minimum, et non l'ignorer? Mais c'est pire. Bob ne peut pas supporter ces expressions dédaigneuses ou affichant de la pitié. Il ne veut pas de leur pitié… Il veut juste survivre. Survivre, car même s'il a abandonné face à la vie depuis longtemps, il ne veut pas que cette dernière l'abandonne. Peut-être que c'est de la lâcheté. Son ex-femme lui aurait sûrement dit que oui.

Il voit quelques silhouettes en bas de l'escalier automatique. Des gens qui viennent de sortir du train. Voyons voir s'ils sont généreux… Cette fois, il va leur tenir la porte de sortie, en espérant gagner une vague reconnaissance.

Ils sont trois. La troisième personne est plus loin derrière. Un gars qui marche bien lentement, les mains dans les poches, le visage caché sous son capuchon noir.

Les deux en avant sont dans le début vingtaine, style un peu clubbeur. L'un d'eux porte fièrement ses lunettes de soleil alors qu'il fait noir depuis plusieurs heures, dehors. On dirait deux individus qui sortent tout droit d'un vidéoclip de rap à faible budget. Bob leur demande quelques pièces, mais l'un des jeunes lui gueule d'aller « travailler s'il veut du cash ».

Il ne peut qu'espérer que la chance tourne avec le dernier individu. Dans la fin-vingtaine approximativement, il est vêtu d'un grand sweat à capuche noir et d'un jean gris. Impossible de bien voir son visage ; on y voit au mieux sa barbe mal rasée. Lorsque Bob s'apprête à lui demander un peu de sous tout en lui maintenant la porte du métro ouverte, le passant daigne à peine se tourner un peu vers lui. Quelque chose se passe, mais Bob ne saurait dire quoi. Ça l'étouffe et ça lui fait mal aux yeux. Comme s'il venait de recevoir une pelletée de sable invisible en pleine figure.

— Bleurph, qu… bafouille Bob, en s'essuyant le visage, ne comprenant rien.

Il n'y a rien, sur lui. Aurait-il trop bu ? L'alcool n'a jamais joué avec ses sens de la sorte.

L'être sombre s'éloigne et se dirige vers le bar Nocha, à côté.

Chapitre 4

L'adrénaline gonfle les veines d'Oriane, qui se lève de sa chaise. La tension s'amplifie quand la porte du bar s'ouvre.

C'est lui.

Elle n'en était pas sûre la première seconde, mais dès qu'il rabaisse son capuchon noir, elle le reconnaît. Hormis cette barbe hideuse de plusieurs jours, il est toujours pareil.

— Salut Ori. Comment tu vas ? demande-t-il d'un ton calme.

Il s'approche, et Oriane recule.

— Hey ! Bouge pas ! Reste là ! hurle-t-elle.

L'ombre d'une confusion s'affiche dans son regard.

La barmaid et l'habitué se retournent vers eux.

— Ça va ? Qu'est-ce que tu as ?

Barthélemy regarde ses mains et ses vêtements, comme s'il tentait de dénicher ce qui effraie sa sœur.

— Pourquoi tu m'as écrit ça ?! Pourquoi tu m'as écrit que tu veux me tuer ?

— Quoi ?

Cette fois, la surprise l'emporte sur son calme que sa sœur croyait absolu.

— J'ai jamais écrit ça.

— Regarde ! Ça vient de toi !

Elle dresse son cellulaire si près du visage de Barthélemy que celui-ci recule de quelques pouces pour bien voir. Les muscles de sa figure se détendent.

— Tu vois : mon dernier message c'est : « *Je m'en viens. J'arrive dans 30 minutes.* ».

Il laisse planer un sourire étrange sur ses lèvres.

— Jamais je ne te ferais du mal, voyons. Tu le sais.

— Hein ? Tu me niaises tu, criss, ou…

Le message n'est plus là.

Il a raison. Le dernier est bel et bien « *Je m'en viens. J'arrive dans 30 minutes.* »

Mais pourtant…

Elle. Elle est sûre que…

Aucun autre message, dans aucune autre conversation.

A-t-elle imaginé tout ça ? Est-elle… si fatiguée ? Rien ne peut expliquer ça.

Ça n'a pas de sens.

Elle observe son frère, qui élargit un peu son sourire curieux. Après avoir scruté une troisième fois partout dans son cellulaire, elle se rend à l'évidence que le message menaçant n'est plus là.

Était-ce un pirate, un *hacker* ? Un imbécile qui lui a fait une mauvaise blague ?

C'est la seule explication vaguement logique qui lui vient en tête.

— On s'assoit ?

— Hein ? Heu, oui.

Oriane balaie le bar du regard, constate que la barmaid et l'habitué ne les observent plus, croyant sans doute à un malentendu.

Un très bizarre de malentendu.

— Je… Je suis désolée. Sûrement quelqu'un qui a réussi à me jouer un tour malsain en m'envoyant un faux message. Mon cell déconne on dirait. Tout à l'heure, je n'ai pas reçu de notifications aussi quand mon chum m'a texté.

Barthélemy a repris son faciès neutre, étrange. Il fait un geste vague de la main en disant que ce n'est pas grave.

— Alors, comment ça va ? demande Oriane.

—Hmm… Pas… Pas mal, je-

— Bonsoir mon beau. Est-ce que tu veux quelque chose à boire ? propose la barmaid en arrivant.

— Juste un verre d'eau, merci.

La serveuse se roidit quelque peu. Barthélemy le remarque et comprend.

— Un pepsi. Merci.

Cette fois, le ton est assez sec, mais pourtant, le regard de son frère est presque intimidé. Curieux contraste.

— Je t'apporte ça ! répond la dame.

Lorsqu'elle est assez loin, de retour au bar, Oriane se sent mal et dit :

— Désolée pour cette conne. Trop cheap pour seulement te donner de l'eau. Les clients ne donnent pas de pourboire pour de l'eau, qu'elle s'est sûrement dit…

Elle avait oublié que son frère ne buvait pas d'alcool. En tout cas, aux lointaines dernières nouvelles. Mais ses souvenirs à ce sujet sont vraiment flous et elle ne comprend pas pourquoi.

— Attends une seconde… lance Oriane en se rappelant quelque chose. Tu n'as peut-être pas écrit la dernière affaire, mais avant, tu m'as quand même texté que tu risquais de mourir. Qu'est-ce que ça veut dire ?

L'expression de son frère passe d'impossible à contrite, puis à déterminée.

— Oui, ça, c'est bien…

Il soupire, puis poursuit.

— C'est bien moi. Tu ne répondais pas au début, et je voulais attirer ton attention.

— Quoi ? Tu me niaises ? Voyons, Barthélemy !

— Je suis désolé. J'avais besoin de quelqu'un. Je ne…

Son visage s'empourpre de remords. Ou de malaise. Difficile à dire.

— J'avais vraiment besoin de te parler. Tu m'en veux ?

Il a l'air de se sentir tellement minable qu'Oriane n'arrive pas à lui en vouloir, malgré la situation dingue.

Elle prend le temps de l'observer un peu, tandis que la serveuse revient avec la boisson. Autrefois, il accordait une certaine importance à son apparence et s'habillait avec classe - Oriane disait souvent d'ailleurs qu'il avait " du goût pour un gars " - mais là, il ne porte qu'un vieux hoodie noir et un jean gris foncé. Sa peau est pâle, presque blafarde. Ses yeux sont fatigués, ses cernes profonds sous ceux-ci le confirment. Oriane remarque aussi une grosse cicatrice sur la paume de sa main.

— T'aurais pu juste me dire que tu allais vraiment mal et que tu avais besoin de me parler. Je ne suis pas insensible, quand même.

— Je sais bien. Mais ça fait longtemps qu'on ne s'est pas vu. On s'est éloigné.

Il dit ça, mais conserve maintenant un air sérieux, et non nostalgique.

— C'est toi qui as arrêté de donner des nouvelles à la famille.

— Je sais. Je n'étais plus vraiment moi-même. Je devais rester dans l'ombre un peu. Mais là, ça va bien.

Un bruit métallique, comme un claquement de portière, retentit dehors. En regardant par la fenêtre, Oriane constate qu'il y a des ambulanciers qui transportent quelqu'un sur une civière. Un homme assez corpulent, inconscient. On dirait Bob, le sans-abri.

— Ça va même très bien, maintenant.

Chapitre 5

Oriane est de retour à l'appart.

Quelle drôle de soirée.

Après le départ de l'ambulance, sûrement pour ramener un Bob qui a une nouvelle fois beaucoup trop bu et qui est tombé inconscient, Oriane et son frère ont ressassé le bon vieux temps. Avant, ils étaient très proches, ils s'amusaient à des jeux, ils riaient, chantaient ensemble. Barthélemy était beaucoup plus animé, beaucoup plus plaisantin que maintenant. Aujourd'hui, avec son expression impassible et son regard vide, il fait penser à une statue parlante.

Il a fini par lui admettre qu'il a traversé une mauvaise passe, que ça va mieux désormais, mais qu'il est très fragile, qu'il a besoin de calme, de se poser quelque part pour repartir du bon pied. Il n'a pas un sou et a des problèmes de santé qu'il n'a pas voulu détailler. Entre deux soupirs de honte, il a demandé si elle pouvait l'héberger quelques jours, une semaine tout au plus, le temps de se reprendre en main.

Elle a accepté. Mais lui a dit qu'il fallait qu'elle en parle à ses colocs avant. Ça n'a pas semblé le déranger. En fait, il loge ce soir dans un vieux motel avec ce qu'il lui reste d'argent.

« *Mais pourquoi tu ne vas pas habiter chez papa et maman ? Ils seraient bien contents de t'aider et leur maison est bien plus grande que mon 4 et demi.* »

« *Je n'ai personne d'autre que toi, Ori.* »

Cette phrase l'a vraiment marquée. Personne d'autre qu'elle ?

Ils ont fini par se quitter, en se promettant de se texter demain.

Il faudra qu'elle songe à demander conseil à son amie Judith. Celle-ci a toujours été douée pour gérer des situations cocasses et délicates.

L'épuisement la gagne. Mais qu'est-ce qu'elle a à être fatiguée comme ça ? Elle est relativement en forme, faisant du jogging quelques fois durant la semaine. Son travail n'est pas si difficile. Ce dernier rend sa vie occupée lorsqu'il est jumelé avec l'université, mais tout de même…

En rentrant dans l'appart, elle retrouve Simon, qui joue encore à son jeu. Ou non, en fait, il tient sa manette, mais son expression est confuse, dubitative.

— Ça va ? demande-t-elle.

— Hein ? Heu, ouin. J'tai dans lune.

— Je vois ça…

— C'tai correct avec ton frère weirdo ?

— Appelle le pas comme ça… demande-t-elle poliment.

— Ben c'est toi qui l'appelles demême les rares fois où t'en parles.

— Je sais, mais bon… Ça s'est passé bizarrement, mais ça s'est bien passé. Y'a Bob qui s'est fait embarquer en ambulance.

— Bob ?... Ah le quêteux du métro. Ça arriverait pas s'il arrêtait de boire deux bouteilles de vodka par jour…

Oriane sourit par réflexe, mais est désolée pour le sans-abri. Ça n'a pas l'air d'être une vie facile. Elle qui se plaint de son appart… Au moins, elle a un toit sur sa tête.

Il ne faut pas que Barthélemy soit dans la même situation que Bob. Elle doit faire quelque chose.

— Allez, je vais dormir.

— Ok ! Bonne nuit Ori.

— Hein ?

— Bonne nuit, Oriane. Laisse-moi battre ce foutu boss, là.

Les bruits de combats et la musique reprennent alors que Simon désactive la pause, et Oriane hausse les épaules et ferme la porte de sa chambre.

Un autre qui l'appelle Ori, maintenant. C'est un surnom assez évident, en fait, mais que jamais personne d'autre que son frère n'utilise. Ça lui a fait drôle.

Elle a un petit rayon d'enthousiasme : ça lui gonfle un peu l'orgueil que ce soit elle qui aide son grand frère, même s'il n'a qu'un an de plus qu'elle.

Quel est son domaine, en fait ? Quels genres de travail aime-t-il ?

Oriane, tandis qu'elle renfile son pyjama et qu'elle disparaît sous ses longues couvertures de Naruto, se rend compte qu'elle ne connaît plus vraiment son frère. Il jouait pas mal de musique à la guitare, dans le temps. Peut-être qu'il s'est laissé tenter par une carrière d'artiste, mais que ça n'a pas bien fonctionné. Il faudra qu'elle le questionne sur tout ça.

Mais pour l'instant, elle est morte de fatigue.

*

Les premières heures au travail ont été difficiles. Son collègue Mathieu lui a demandé s'ils pouvaient échanger leur quart pour une durée indéterminée. Elle ferait donc des quarts de douze heures la nuit, et lui, prendrait le jour. La raison est que ça va assez mal dans sa famille, et que Judith et lui viennent d'avoir un nouveau bébé. En fait, il a surtout demandé par formalité, mais par son ancienneté, il va s'approprier le chiffre de jour, peu importe l'avis d'Oriane.

Elle s'interroge si elle devrait demander à ses colocs par textos pour savoir si son frère peut habiter avec eux. Une grande décision de la sorte devrait probablement se prendre en personne… Est-ce par lâcheté qu'elle prévoit le faire par message en ligne ? Peut-être que son inconscient lui joue des tours aussi, qu'il y a cette pression de la génération d'avant qui méprise souvent les contacts virtuels.

De toute façon, le choix n'est pas vraiment un luxe qu'elle a : son chum vient de lui écrire pour lui proposer de se reprendre ce soir tout de suite après son travail, au restaurant Pacini. Le temps et la marge de manœuvre sont bien minces, ici. Difficile de refuser.

Comme elle a senti Jordan un peu froissé hier par son annulation de dernière minute, elle lui répond que c'est sûrement faisable et lui explique la situation avec Barthélemy. Il faut juste que ses colocs donnent leur accord, qu'elle accueille son frère à l'appart à son retour du boulot, puis qu'elle reparte avec Jordan pour le Pacini avant que ça ferme.

Ah là là… Elle n'avait pas besoin de ce stress supplémentaire en plus de ses examens qui approchent !

Le plus diplomatiquement possible, elle texte à Simon et Martin au sujet de son projet. Pour Martin, elle lui demande d'abord si ça va ainsi que des nouvelles où il est passé.

Simon accepte presque immédiatement avec un simple pouce en l'air. Déjà un ok sur deux, c'est pas mal.

Bien installée sur sa chaise, elle s'étire les bras vers le haut puis se prépare à s'immerger dans ses notes de cours.

*

20 h et toujours pas de nouvelles de Martin. C'est bizarre. Il répond assez vite, d'habitude. Ça commence à devenir inquiétant.

Et le temps commence à lui manquer.

Tant pis, elle doit trancher. Elle texte à Martin que les choses pressent et qu'elle va accueillir son frère à l'appart, qu'il pourra s'y opposer à son retour s'il le veut. Ensuite, texto à son frère pour lui confirmer qu'ils peuvent se rejoindre chez elle, puis texto à Jordan pour l'informer qu'il peut passer la prendre à 21 h 40 pour le Pacini.

Un peu lasse d'étudier et ayant un bon mal de crâne, Oriane écoute une série sur internet puis quitte à 21 h à la fin de son quart. Comme d'habitude, tout était mort à l'entrepôt Ekinz. Elle doit l'avouer : c'est le travail rêvé pour une étudiante. Cependant, ça sera plus dur quand elle travaillera de nuit la fin de semaine prochaine. Rester réveillée jusqu'à 9 h du matin… Ça ne sera pas drôle.

En marchant jusqu'au métro pour revenir chez elle, elle repense au message bizarre que son frère lui a envoyé. « Ori, j'ai besoin de ton aide. Sinon, je vais mourir. » Ensuite, il a banalisé la chose en disant que ce n'était que pour attirer son attention. Franchement, c'est très particulier, comme raisonnement. Il faut dire que Barthélemy est une personne très particulière, également.

Pas grand monde dans le métro. Oriane ne prête pas vraiment attention à son entourage, concentrée dans sa musique de blues qui résonne au travers de ses écouteurs. Elle croit apercevoir deux femmes de ménage plus loin, qui ont sans doute terminé leur chiffre, comme elle.

Au moment où son cellulaire s'éteint tout seul dû au manque de batterie, elle arrive nez à nez avec son frère.

Ce dernier a les mains dans le dos, le regard neutre, comme un bon élève attendant son tour. Il est vêtu du même sweat à capuche noir qu'hier. Il n'a pas de valise. Pas même un sac à dos.

— Salut ! fait-elle.

Il lui répond par un léger hochement de tête.

— Alors, on entre et ça va être en haut des escaliers.

Elle se souvient qu'elle n'a pas fait beaucoup de ménage… Peut-être que son frère se rend compte de son malaise, car il pose une main réconfortante sur son épaule.

Avant de débarrer la porte, quelque chose la fatigue et elle finit par lâcher :

— Je ne comprends vraiment pas pourquoi tu ne vas pas chez les parents? Le nombre de fois qu'ils m'ont demandé de revenir habiter chez eux pour économiser mes revenus… Ils seraient juste vraiment contents de t'héberger.

— Non. Ils ont dit que je suis un bon à rien.

— Quoi ? Ben voyons donc !

— On entre ? J'ai hâte de voir.

Un léger sourire s'inscrit sur son faciès. Oriane, elle, conserve sa figure éberluée. Ce n'est pas du tout le genre des parents.

Mais il commence à faire froid dehors, et avec son petit hoodie, son frère ne doit pas être très confortable.

— Oui ! On entre. Je vais te présenter aux deux gars.

Elle ouvre la porte puis s'engage dans l'escalier.

— Fais attention. C'est vieux ici et pas toujours solide.

— Plus c'est vieux, plus c'est dangereux.

Oriane sourcille, fait la moue puis répond « oui » sans trop réfléchir.

Les voilà dans l'appartement.

— Alors, c'est ici ! Désolée, c'est un peu le bordel.

Elle s'attendait à ce que son frère étudie les lieux, mais ce dernier a le regard évasif, n'observant rien en particulier, un peu comme le ferait quelqu'un qui ne prendrait pas la peine d'examiner ce qu'il a déjà vu de nombreuses fois. Il ne prend pas la peine de regarder Simon non plus.

— Hé ! Le frère d'Oriane ! Ça va ? lance Simon, intrigué par le nouvel arrivant.

Celui-ci a de la difficulté à se lever de son *La-Z-Boy* dû à son poids et surtout à sa mauvaise forme physique, mais la politesse a pris le dessus. Il tend sa main moite vers Barthélemy, qui la sert, sans trop fixer son propriétaire.

— Alors, tu as finalement planté ton boss de jeu ? demande Oriane, le sourire en coin.

— Ouin ! Y'était temps, sacrament ! Haha !

— Toi Barthélemy, es-tu *gamer*, un peu ? demande sa sœur.

— Heu, non. Pas depuis que... Enfin, pas depuis longtemps.

Soudain, il a l'air timide, mal à l'aise.

— Je peux voir ta chambre ?

— Hmm, oui, bien sûr ! Pourquoi pas.

— T'es chanceux, moi, elle veut jamais me la montrer ! rigole Simon en retournant sur son jeu vidéo.

— Niaiseux… lâche Oriane en lui lançant son manteau de cuir dessus.

Elle lui montre son petit nid, avec une pointe de honte due au manque d'ordre.

— C'est bien. Toujours pas en bleu ?

— Hein ?

Barthélemy pince les lèvres.

— Heu, je veux dire. Les murs, ça m'étonne que tu les laisse en blanc. Ta couleur préférée, ça a toujours été le bleu.

— Ah, oui. Tu me connais encore bien, on dirait.

Il affiche un sourire artificiel, comme trop sincère, qui, jumelé à son regard trop intense, amplifie un malaise chez Oriane. Peut-être est-il bien content de la voir. En tout cas, avant, il n'était pas si difficile à décoder.

— Bon ! J'ai cours tôt demain, je dois aller me coucher. Tu peux dormir sur le sofa de cuir, dans le salon. Je t'ai laissé un oreiller et une couverture. Et…

Elle poursuit la conversation en augmentant volontairement le ton.

— Même si Simon est un oiseau de nuit, j'espère qu'il ne laissera pas le son de sa PlayStation 5 trop fort !

« Ça va, ça va !..." répond le concerné, entre deux élans de combat de jeux vidéo.

— Allez, bonne nuit, rajoute Oriane en parlant plus bas. Sers-toi dans le frigo si tu as faim. Je… Tu as besoin d'argent ? J'en ai pas tant, mais…

— Non, coupe doucement son frère. Je vais me coucher. Bonne nuit.

Il sort et ferme la porte de la chambre d'Oriane.

Curieux… Barthélemy a toujours été cordial, mais il ne l'a pas remercié une seule fois depuis son arrivée. On dirait même qu'il donne l'impression que c'est lui qui lui rend service.

Sûrement un oubli. Ça arrive.

Il faudra qu'elle prenne le temps d'éclaircir avec lui toute sa situation. Il est resté très évasif sur le pourquoi et le comment. Peut-être a-t-il un problème de jeu ? Ça pourrait expliquer pourquoi il a été mal à l'aise en répondant sur s'il était un *gamer* ou pas. Ce n'est évidemment pas la même chose, le casino et la PlayStation 5, mais il aurait pu avoir eu besoin de cesser tout ce qui tourne autour des jeux en général pour prendre le temps de se recentrer sur lui-même.

Oriane soupire longuement. Logique un peu molle. L'épuisement affecte ses neurones.

Elle se met en pyjama puis se réfugie sous ses couvertures.

*

Une pluie féroce fait rage dehors.

C'est l'un de ces moments stupides où la fatigue est accablante, mais qu'il est impossible de s'endormir. Un peu comme si, en réaction à l'épuisement, le corps donnait une décharge d'adrénaline, et lorsqu'on se couchait enfin pour dormir, il disait « *Hé bien, tu me niaises ou quoi ? On ne va pas gaspiller ça !* »

Tout est étrange et flou autour lorsqu'elle illumine sa chambre avec l'écran de son cellulaire. Son esprit est comme un train embrumé, entre le monde de la réalité et des rêves, vers une destination qu'il n'arrive pas à atteindre, à trouver.

Elle referme ses yeux une énième fois, l'espoir fragile. *Allez, dors, Oriane!*

Un grincement sinistre résonne, assez fort pour supplanter les rugissements de la pluie. Un grincement très… décalé. Ça en est presque irréel.

Il y a une espèce de cognement aussi, qui vibre comme un écho lointain.

La porte de la toilette ? Sûrement.

Mais ça grince tellement fort. Tellement partout. Ça craque, même. Les bruits de la pluie s'éloignent subitement, comme à part de la réalité.

Oriane se redresse. Son frère est debout, devant elle.

— Qu'est-ce que t…

— Shhhhh… chuchote Barthélemy d'une voix douce, en posant un doigt sur les lèvres de sa sœur.

Le cœur d'Oriane s'emballe et ses battements résonnent jusqu'à ses tempes.

— J'arrive pour te tuer, Ori.

Il s'élance sur elle, la force à se coucher puis lui enfonce l'oreiller sur le visage !

Chapitre 6

Oriane émerge de son sommeil.

Quel… cauchemar effroyable. Horrible.

Elle est encore en train de haleter, tel un chien qui viendrait de contourner deux fois le quartier à toute vitesse.

Relaxe, Oriane. C'était un cauchemar. Tu en as déjà fait, des cauchemars…

Oui, mais pas depuis très longtemps.

Est-ce que les retrouvailles avec son frère la troublent tant ? Elle croyait être assez à l'aise, mais peut-être que son inconscient n'est pas d'accord avec elle.

Allez, retour à la réalité. Elle a cours, ce matin.

Elle empoigne un col roulé, un jean et autres vêtements, puis sort de sa chambre, piquée par une curiosité inquiète.

Personne dans le salon. Pas de trace de Barthélemy, Simon, ni Martin.

On dirait même que rien n'a bougé sur le divan de cuir, là où était censé dormir son frère. C'est assez étonnant, mais c'est possible qu'il soit du genre à dormir le jour, comme Simon.

Sauf que Simon dort, lui. Impossible de ne pas l'entendre ronfler. Barthélemy, par contre, n'est pas là.

Bon. Pas la peine de s'angoisser pour un rien. Il est peut-être allé au Tim Hortons chercher un petit café et va revenir d'une minute à l'autre.

Elle prend une bonne douche pour se réveiller, car la nuit n'a pas été des plus reposantes. Pendant que les jets d'eau se heurtent contre son corps empli de taches de rousseur, elle se demande bien où peut être passé Martin. Il n'a toujours pas répondu à ses textos, et plus aucune mise à jour sur Facebook, Instagram ou TikTok, alors qu'il est plutôt actif, d'habitude.

S'il n'est pas de retour ce soir, il faudrait peut-être qu'elle contacte la police. Il est majeur et vacciné, et elle ne veut pas avoir l'air d'une sorte de mère maniaque, mais ça commence vraiment à être préoccupant.

Elle s'habille puis quitte l'appart. Cette fois, elle aura le temps de s'acheter un café au Tim Hortons. Un café extra grand et surtout, extra fort. Car elle est si fatiguée qu'elle se sent étourdie.

Alors qu'elle marche sur sa rue, son cellulaire ne cesse de vibrer.

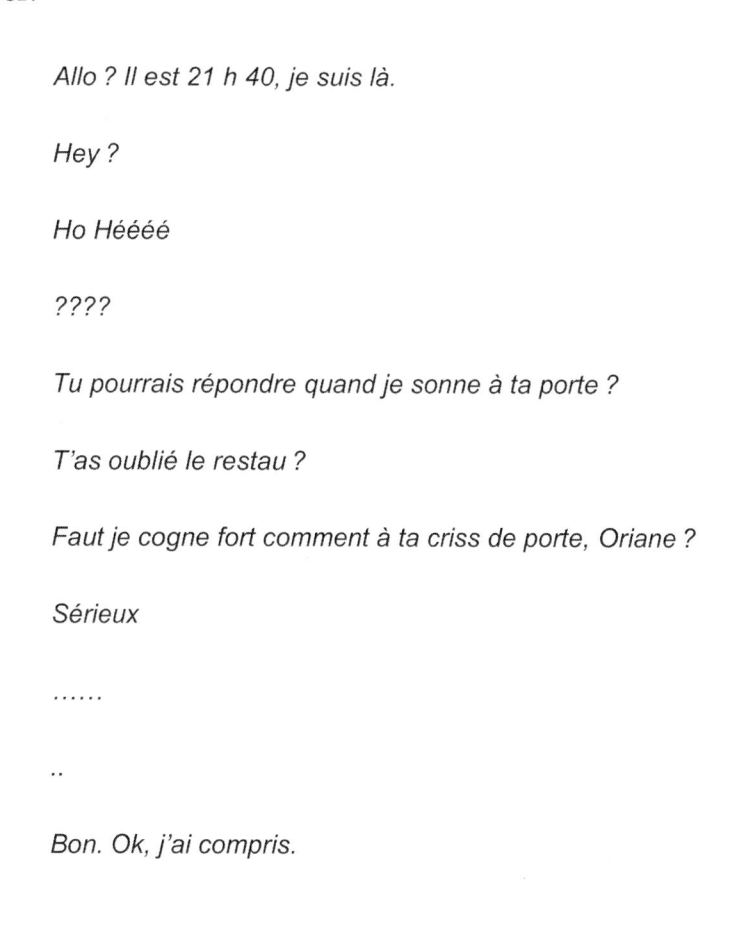

Allo ? Il est 21 h 40, je suis là.

Hey ?

Ho Héééé

????

Tu pourrais répondre quand je sonne à ta porte ?

T'as oublié le restau ?

Faut je cogne fort comment à ta criss de porte, Oriane ?

Sérieux

……

..

Bon. Ok, j'ai compris.

Oh non.

Ça… Ça se peut pas.

Elle a oublié Jordan. Elle l'a encore oublié.

Mais non, c'est… C'est impossible.

Ça tourne.

Tout était prévu.

Ça tourne beaucoup, autour.

Ils avaient rendez-vous pour le Pacini.

Tout tourne frénétiquement.

Jusqu'à ce noir soudain.

*

C'est si… flou. Obscur.

Elle est couchée ? Elle ressent le trottoir froid. Et des voix, autour.

« Maman, la dame va bien ? »

« Oui mon chéri. On a appelé une ambulance »

D'autres voix se font percevoir. Elles se mêlent les unes aux autres.

« Hein ? Toi aussi, hein ? Toi aussi, hein ?! »

On dirait la voix de… Bob, le sans-abri ?

« Monsieur, éloignez-vous, sinon ça va mal aller » résonne une autre voix d'homme inconnue, imposante.

Elle arrive à discerner, à peine, l'enfant et sa mère, ceux qui ont parlé un peu plus tôt.

Le visage de l'enfant, si doux, devient brûlé, ensanglanté, épouvantable.

Des bras invisibles l'attrapent.

— Lâchez… Lâchez-moi !

Il y a des ambulanciers, aussi. Elle les voit.

Et tout devient ténébreux de nouveau, jusqu'à être un noir d'encre absolu.

*

Oriane se réveille dans une chambre blanche d'hôpital, couchée sur un lit. Elle est encore un peu étourdie.

— Madame Oriane Deschamps, vous allez bien ? Je suis le docteur Boileau. Je me suis occupé de vous.

— Hein ? Qu'e… Qu'est-ce qui s'est passé ?

Oriane se redresse vivement, constate qu'il n'y a pas de danger. Elle est en jaquette d'hôpital.

L'homme devant lui a la quarantaine, est vêtu d'une veste blanche et porte une petite barbe noire. Il étudie sa patiente de ses yeux vert émeraude, un peu rougis par la fatigue.

Elle se remémore ce qui s'est passé, en même temps que le médecin lui décrit les détails.

— Vous êtes tombée inconsciente près de votre domicile. Des gens ont contacté le 911 et les ambulanciers vous ont amenée ici. On était sur le point de communiquer avec vos parents et votre conjoint…

Il consulte son calepin.

—Jordan. Oui, c'est ça, Jordan. Mais une infirmière m'a averti que vous étiez en train de vous réveiller. Comment vous sentez-vous ?

Oriane réalise qu'il y a des espèces de tubes qui sortent de machines et qui sont enfoncées dans ses bras.

— Ça va, je crois. Je vais bien. Comment j'ai pu tomber dans les pommes comme ça ? Ça ne m'est jamais arrivée.

— Vous êtes sûr ?

Le médecin a l'air un peu surpris.

— En tout cas, vous étiez pas mal déshydratée. On a testé votre sang aussi, et avons noté quelques anomalies avec les premiers examens.

— Des anomalies ? Comment ça ?

Oriane a une pointe de nervosité dans la poitrine.

— Il faudra voir avec les analyses plus approfondies, ce n'est peut-être rien de grave. Permettez que je regarde vos yeux ?

Il prend une petite lampe spéciale de sa poche de veste et l'allume

— Heu, pas de problème.

— Ouvrez-les grands.

Tandis que la lumière se projette dans les pupilles d'Oriane, le docteur poursuit ses questions.

— Hmm… Est-ce que vous avez une grande fatigue, dernièrement ?

— Oui, beaucoup ! répond Oriane, se demandant si ça pourrait être lié avec sa chute.

— Vous êtes étudiante ?

— Oui, en criminologie.

Le docteur fait la moue et plisse les yeux, comme s'il remarquait quelque chose dans les iris d'Oriane. Il éteint sa petite lampe puis prend un stéthoscope.

— Prenez de grandes respirations. Vous avez des maux de tête ?

— Quand même assez souvent, j'avoue, répond-elle entre deux coups de souffle.

— Hmm…

Ces « hmm » et cet air préoccupé commencent à irriter Oriane.

— Quelque chose ne va pas avec ma respiration ?

— C'est un peu, hmm… Vous savez quoi, je vais vous donner un rendez-vous avec un spécialiste, un collègue, pour demain. Présentez-vous à l'accueil en disant votre nom demain à 10 h du matin.

— Ok, mais là ! Vous ne pouvez pas juste rester vague comme ça ! J'ai-tu quelque chose de grave ou non ? s'emporte Oriane.

C'est sa santé, après tout !

— Je ne peux pas me prononcer sans davantage de tests, désolé. Venez demain, c'est important. Au pire, ça ne sera qu'une fausse alerte.

— Mais j'ai cours, demain.

— Je répète que c'est important, mais vous n'êtes pas obligée. Sachez que ce n'est pas normal, de tomber inconsciente comme ça.

Oriane se gratte la tête en marmonnant un « bon… » défaitiste.

— Vous pouvez rester ici le temps que vous voulez, sinon je vous suggère de retourner chez vous vous reposer. Les gens négligent souvent le repos. Votre manteau et autres effets personnels sont dans ce sac. Je vous souhaite une bonne soirée.

— Merci…

Oriane se frotte nerveusement les bras. Elle prend un moment pour observer sa chambre, qui est assez banale. Vieille télé, tableau représentant une grande forêt, petite table…

Elle se masse le front. Une semaine qui commence bien mal.

Tout ce mystère autour de sa santé…

Après avoir jeté un coup d'œil dans le sac, elle y trouve son cellulaire puis texte son chum.

> *Je suis désolée… J'étais full fatiguée hier, je t'ai oublié. Avec l'affaire de mon frère et tout, j'avais plus les idées en place. Aujourd'hui encore, je suis morte, avec la grosse pluie d'hier j'ai encore mal dormi.*

Jordan répond presque immédiatement.

> *De quoi tu parles ? Il pleuvait pas hier. Je le sais, j'étais là.*

La confusion gagne Oriane.

Il poursuit :

> *J'suis resté un bout dans le parc à côté pour réfléchir*

Elle a envie de rétorquer « réfléchir à quoi ? », mais sait bien qu'il va répondre « à nous deux », surtout vu son côté impulsif.

Une dizaine de minutes passe pendant qu'Oriane cherche une réplique pour le calmer, mais c'est lui qui prend les devants :

> *Sérieux Ori. Deux fois en ligne ? Est-ce que je suis important pour toi ? Je me le demande…*

Oriane plisse les yeux. Encore un autre qui l'appelle Ori ? Qu'est-ce qu'ils ont tous, ces temps-ci ?

Elle finit par lui révéler sa situation et l'endroit où elle se trouve. Ça l'agace, parce qu'elle a l'impression que ça peut servir d'échappatoire pour que Jordan soit forcé d'être doux, alors qu'il est en colère, mais bon, c'est quand même sa réalité.

Comme anticipé, Jordan se calme et s'excuse. Il se sent mal et lui envoie un *smiley* triste après chaque phrase. Oriane lui dit qu'elle va revenir à l'appart, alors il lui propose de venir la rejoindre ce soir après son travail s'il ne finit par trop tard. Elle aime l'idée : être entouré de ses bras musclés la réconforterait, c'est sûr. Après tout ce stress, cette entente avec son frère, Martin qui ne réapparaît pas, ses examens qui approchent…

Étrange, tout de même. En regardant les textos précédents de Jordan, il prétend avoir sonné, même cogné fort.

Mais elle n'a rien entendu, absolument rien. Ni elle, et apparemment ni son frère ni Simon.

Et la pluie, il a dit qu'il ne pleuvait pas ? Voilà bien longtemps qu'Oriane n'avait pas entendu une pluie aussi féroce, dehors ! Peut-être qu'elle a rêvé ça.

Elle prend une grande respiration, puis se décide à s'habiller pour partir.

*

De retour à l'appart. Pas de signe de Barthélemy, ni de Martin. Mais Simon est là, toujours sur son *La-Z-Boy*.

La soirée fraîche s'est bien installée et promet une nuit glaciale.

— Hey ça va ? Comment ont été les cours ? demande son coloc.

Sacrément chanceux, ce Simon, de toujours pouvoir rester tranquille à la maison. C'est un écrivain, qui ne gagne pas tant, mais assez pour maintenir une petite vie paisible, avec des colocs relaxes. Il a dit qu'il faisait une pause d'un mois sans écriture. Mais cette fois, au lieu de *gamer*, il est en train de dessiner.

— T'es rendu à dessiner, maintenant ? Ton côté artiste s'étend, fait Oriane, contente de retrouver son chez-elle.

— Oui ! Ça me tentait. Là, je fais des animaux.

Oriane enlève son manteau de cuir et s'approche pour mieux voir son œuvre. Simon est en train de dessiner un taureau. Il est étonnamment bien fait, ça donne l'impression qu'il a dessiné souvent, autrefois.

— Pas mal du tout ! le complimente Oriane.

— Merci, merci…

Il est vraiment absorbé par son dessin, améliorant les détails.

— Je suis tombée inconsciente en sortant de l'appart. On m'a amenée à l'hôpital.

— Hein ?

Simon se retourne vers elle. Une vague surprise s'affiche dans son regard, puis il revient à son œuvre.

— Ouin, assez fucké. Tant mieux si ça va mieux…

Elle sourcille et va dans sa chambre prendre quelques livres pour étudier. Elle texte ensuite au frère de Martin, à partir de Facebook, pour voir s'il aurait de ses nouvelles. Il sait qu'ils sont assez proches et se côtoient souvent. Comme le frère de Martin est « influenceur » sur les réseaux sociaux, elle pense bien qu'il répondra vite, ce qu'il fait : aucune nouvelle du coloc disparu.

Elle contacte aussi une connaissance de l'université pour avoir les notes du cours qu'elle a manqué.

Elle se rend compte qu'elle n'a pas mangé grand-chose, aujourd'hui.

— Hey Simon ! Je vais commander une pizza, je pense. T'en voudrais ?

— Hein ? Ouin ! répond-il sans trop prêter attention

— Cool !

Alors qu'elle commence à composer le numéro, on cogne à la porte.

— Tiens ! Martin qui a oublié ses clés ? s'exclame-t-elle, enjouée.

Mais ce n'est pas Martin qui apparaît lorsqu'elle ouvre. C'est Barthélemy.

Il est nu. Complètement nu.

Et recouvert de sang, partout.

Son regard est frénétique. Il a le sourire fou.

Et il est en totale érection.

Une parenthèse dans un lieu chaud

Des années plus tôt, des années plus tard ? Ici, on ne sait jamais vraiment.

Dans le couloir de pierre, envahi par la chaleur étouffante ainsi que la fumée âcre et épaisse, Léo, en massant sa jambe blessée, écoute attentivement l'histoire de l'homme borgne. De moins en moins distraitement, car de moins en moins sur le qui-vive. Il semblerait que leurs ennemis se soient éloignés. Tant mieux. La chance est de leur côté, pour l'instant.

— Un peu plate ton histoire, mais continue. Faisait un certain temps que j'avais pas eu une vraie conversation. Faisait un bout que je me tenais avec un africain qui ne parlait pas un mot d'anglais ou français, mais ils ont fini par l'avoir!

Léo éclate d'un rire sonore, oubliant, dirait-on, que le danger pourrait être encore proche. Il étudie les réactions de ses deux interlocuteurs. Le borgne ne réagit pratiquement pas. Quant à l'autre fille, qui doit être aussi dans la mi-vingtaine (quoique c'est dur à dire avec le long capuchon flottant qui couvre presque tout son visage brûlé), elle est aussi impassible qu'au début de leur rencontre.

Léo se demande bien comment l'autre gars est si peu magané, hormis son œil détruit bien sûr, alors qu'il ne semble pas tant en forme. Lui s'est toujours beaucoup entraîné, alors il a été capable de relativement bien se débrouiller ici, sauf pour ce qui est arrivé à sa jambe il y a quelques heures.

— Comment tu t'es fait ça, à ton œil ? C'est récent ?

— C'était un peu avant d'arriver ici.

— Ah ouin ? C'est pourtant moins dangereux, là-bas. Qui t'a fait ça ?

Le borgne ne répond pas, se contentant de tourner vaguement la tête vers la femme au capuchon.

— Elle ?

Léo rigole de nouveau.

— En tout cas, t'as pas l'air rancunier. Elle est pas jaseuse, mais toi au moins, tu parles, et c'est cohérent. Tellement de gens perdent la boule, ici…

Des jappements et des rugissements terribles résonnent au loin, en échos. On entend aussi des cris lointains.

— Ah. Y' en a qui se sont fait pogner. Espérons qu'ils ne viendront pas ici.

Léo hausse les épaules. Le borgne va voir au bout du couloir, prudent et attentif, puis revient dire qu'il ne croit pas qu'ils approchent dans leur direction.

— Ouais, ils avaient l'air pas mal loin. En tout cas, continue de raconter ton affaire. Il commençait quand même à y avoir deux ou trois trucs intéressants.

Chapitre 7

Prise de panique, Oriane recule et trébuche contre quelque chose, tombe sur le derrière. Sa vision devient totalement floue quelques secondes. Son frère entre. Soudainement, il est habillé, et normal.

— Ça va ? demande-t-il, l'air un peu confus.

— Hein ? répond Oriane sans réfléchir.

Tremblante, elle ravale sa salive.

Toujours sur les fesses, une scène bizarre est dressée devant elle : Simon et Barthélemy qui restent plantés là, à la regarder d'un air dubitatif.

Elle finit par se relever. Se frotte les yeux.

— Je… Je comp… comprends pas ce que je viens de vivre. On aurait dit… Enfin.

Son frère s'approche d'elle pour mieux la voir. Son regard est vraiment mystérieux, incompréhensible ; il semble inquiet, mais très discrètement. Une froideur rigide est ce qui scintille dans ses pupilles en grande partie.

— Bon, heu… marmonne-t-elle. Comment ça va ?

— Ça va, répond son frère de manière neutre.

Il se dirige vers le frigidaire et se prend une limonade.

Maintenant qu'elle a retrouvé ses esprits, Oriane pensait informer son frère de son séjour à l'hôpital, et aussi lui demander où il se trouvait hier, mais les deux gars donnent tellement l'impression d'être indifférents à son égard qu'elle préfère laisser tomber. Elle comprend à la limite pour son frère, qui est étrange depuis toujours, ou du moins, depuis de nombreuses années, mais Simon, d'habitude, est plus dynamique.

— Bon, je vais dans ma chambre un peu, lance-t-elle.

Elle reçoit un texto de Jordan qui lui informe qu'il finit assez tôt, aujourd'hui. Il propose d'aller au restaurant Pacini ce soir, que « la troisième fois c'est la bonne » avec un bonhomme sourire. Ça procure une grande joie à Oriane et elle accepte avec plaisir.

*

Dès qu'Oriane retrouve Jordan au restaurant, elle s'excuse mille fois et celui-ci lui dit que ce n'est rien mille et une fois.

Contrairement à elle, il a l'air en forme. Cheveux bouclés noirs, belle chemise bleue (pour faire plaisir à Oriane, car c'est sa couleur préférée), petite barbe bien rasée, yeux bleus clairs comme du cristal.

Il y a pas mal de monde, ce soir. Cette pause de ses études dans ce lieu chic fait le plus grand bien à Oriane.

Après un bonjour rapide au serveur, Jordan commande presque immédiatement une bouteille de vin blanc. Du Châteauneuf-du-Pape, la favorite de sa copine.

— Alors, tu vas mieux ? demande-t-il, l'air inquiet, mais tout de même content de la voir (enfin).

— Oui ! Ça va. Sûrement que je n'ai pas assez mangé, je ne sais pas. C'est la première fois que je tombe inconsciente comme ça.

— Est-ce qu'ils ont trouvé quelque chose ? Les médecins ?

— Non… Mais je supposée repasser demain. Je ne sais pas si je vais le faire.

— Ben voyons, bien sûr que tu vas le faire ! C'est ta santé, c'est important.

— Oui, mais ça m'énerve, ça me fait rater des cours… Et je suis sûre que ce n'est rien.

Il a raison, en fait. Jordan a toujours été très en forme et a toujours accordé beaucoup d'importance à sa santé. Cardio, muscu, gym… chaque jour, ou presque. Oriane est assez différente, à ce niveau. Elle fait un peu de jogging par-ci, par-là, mais ce n'est rien en comparaison avec son copain.

— Bon… Ok, je vais y aller!

— J'espère ! Et j'insiste. Franchement, Ori…

— Depuis quand tu m'appelles Ori ?

Jordan ne paraît pas vraiment surpris. On dirait plutôt qu'il croit qu'Oriane veut changer de sujet.

— Hein ? Je sais pas, depuis longtemps, il me semble.

— Non, c'est pas mal nouveau, je suis certaine... Avant, c'était juste mon frère qui m'appelait comme ça.

Jordan hausse les épaules tandis que le serveur apporte la bouteille et les deux verres.

— Je sais pas, je veux dire... S'il a le monopole de ce surnom, je vais t'appeler « bébé », alors !

— Niaiseux ! ricane Oriane en levant les yeux au plafond.

Voyant leur complicité, le serveur rit aussi et prend leur commande. Une pizza pepperoni pour Oriane, et une grande salade pour Jordan.

— Tu as une sale tête, lance Jordan, toujours direct. Tu dors mal ces temps-ci, hein ?

— Oui, et j'ai de gros maux de crâne, de plus en plus fréquents.

— Les tylenols et advils font rien, comme d'hab ?

— Presque rien… soupire Oriane.

Elle sourit malgré tout, vraiment contente de voir le joli minois de son chum.

— Peut-être que je dormirais mieux si tu étais avec moi, dit-elle d'un ton qu'elle croit enjôleur.

— La dernière fois, tu faisais pas mal de bruits, j'avais peur que tu réveilles tes colocs et le voisinage.

— Niaiseux !

Oriane éclate de rire, peut-être beaucoup trop fort dû à la fatigue.

Après trois ans de couple, c'est vrai qu'ils devraient sans doute habiter ensemble. Oriane a toujours dit qu'elle voulait terminer ses études avant. Mais en y réfléchissant, c'est peut-être une excuse. Elle a peut-être peur de faire le grand saut et craint que la routine brise quelque chose dans leur relation. C'est stupide et elle ne devrait pas avoir peur : elle a souvent dormi plusieurs jours chez Jordan et tout s'est toujours bien passé.

— *Anyway*, je trouve tes colocs un peu bizarres. L'autre qui a toujours la tête dans son laptop.

— C'est un écrivain…

— Et il y a celui qui se prend pour Brad Pitt ou j'sais pas quoi, même s'il a une bedaine de bière plus grosse que celle de mon oncle.

— Arrête, c'est pas si pire…

— J'espère qu'il te *cruise* pas, sinon ça va mal finir pour lui.

— Fais pas ton jaloux !

Jordan lève les mains en l'air sans grande détermination, comme s'il était à moitié d'accord, puis le serveur arrive avec leurs plats.

Entre les bouchées durant le repas, Oriane parle de sa session difficile à l'université, du retour de son frère, de ses parents qui viennent de prendre leur retraite. Jordan lui parle de son boulot de mécanicien qui lui demande beaucoup de temps, des auteurs québécois qu'il aime lire, de sport et de son possible retour à l'école l'année prochaine.

Après qu'ils aient fini de manger, Jordan devient plus émotif, sentimental.

— Je m'excuse encore de m'être fâché, l'autre soir.

Oriane lui répond un « ce n'est pas grave » et sourcille en voyant que son chum a de la difficulté à prendre quelque chose dans sa poche de veste.

— Je t'aime vraiment, poursuit-il. Je me vois pas aimer une autre fille que toi dans le futur. Alors…

Il sort une petite boîte carrée, noire, de sa poche. L'ouvre. Oriane la fixe d'un regard éberlué.

Une bague apparaît dans son champ de vision. Une bague sublime.

— Jordan… susurre Oriane, folle de joie, les mains contre sa bouche.

— Oriane, voudrais-tu m'épouser ?

Rouge comme une tomate, la figure maintenant étrangement agencée avec ses cheveux roux, Oriane accepte et serre son chum dans ses bras, l'embrasse. Quelques applaudissements se font entendre autour, dans la salle.

— Je t'aime, dit-elle, son visage tout près du sien.

— Je t'aime aussi. Allez, essaye-là ! réclame-t-il avec entrain.

Elle se rassoit à la table et insère la bague à son doigt sans mal. Le petit cachottier… Il a dû trouver le moyen d'avoir la bonne taille, elle ne sait trop comment. Peut-être a-t-il contacté des amis à elle, comme Judith.

— Elle est *trop* belle ! lâche Oriane, subjuguée par l'anneau.

— *Toi* tu es trop belle, répond Jordan, souriant, avec une sérénité naturelle.

Oriane se sent tellement bien d'avoir ce regard envoûté vers elle qu'elle en oublie ses maux de tête.

Tout à coup, une petite fumée poudreuse, d'un rouge foncé, s'évapore brusquement contre le visage de Jordan. C'est provenu d'on ne sait où, d'en bas, elle croit.

— Ça va ? C'était quoi, ce truc ? demande-t-elle en se redressant un peu pour voir.

— Hein ? J'sais pas tr… Oui, ça va. Je sais pas trop ce que c'était.

Il examine son assiette vide, s'interrogeant si ça venait de là, puis finit par hausser les épaules.

— J'sais pas trop. Peu importe, dit-il en se mettant à rire. Alors, je vais te raccompagner à l'appart. Je veux que tu te reposes, d'accord ?

Oriane retient un soupir, la lippe déçue. Elle donnerait tout pour que cette soirée ne se termine jamais.

— Je veux que ma fiancée soit en bonne santé et qu'elle aille à son rendez-vous médical demain, rajoute-t-il en souriant.

Le retour en voiture se passe bizarrement. Jordan n'a plus l'air si heureux, ou enthousiaste. Il a l'air soucieux, songeur. Il ne parle presque pas et répond de manière laconique, comme s'il ne voulait pas interrompre le flux de ses pensées trop longtemps.

Un baiser plutôt détaché, puis Oriane descend de la voiture.

— Bonne nuit, lance-t-il, avant de faire rugir son auto pour s'éloigner dans les profondeurs de la nuit.

— Bonne nuit ! lance Oriane, d'un ton qui se voulait fort et concerné, mais qui sonne plus comme incertain.

Après avoir monté l'escalier, elle prend encore une minute pour réfléchir à la soirée étrange qu'elle vient de vivre. La demande magique, parfaite. La drôle de suite.

C'était quoi, cette espèce de poudre bizarre ? L'a-t-elle imaginée ? Non, Jordan l'a aperçue aussi. C'était assez subtil, voilé, un peu comme toute la poussière flottante qu'on arrive à voir dans une pièce seulement quand les rayons très lumineux du soleil la traversent.

Bon… Elle va suivre ses conseils et se concentrer sur elle. Et sa santé. Demain, rendez-vous chez le médecin. Elle ne peut pas nier le fait qu'elle a des problèmes au niveau du sommeil, et elle croit voir des choses, parfois. C'est un peu comme des hallucinations façonnées par l'esprit à bout, qui surgissent lorsque l'épuisement est accablant depuis des jours… mais pour elle c'est en beaucoup plus réaliste, beaucoup plus concret.

Elle ne peut pas se permettre de rester comme ça. Elle ne passera jamais sa session dans de telles conditions.

Elle débarre la porte, puis retrouve Simon assis à son poste habituel, en train de dessiner, accompagné de Barthélemy qui observe son œuvre.

— Salut ! fait Oriane en retirant son manteau.

— Bonsoir, répond son frère, le sourire furtif aux lèvres.

Simon ne lui répond pas, trop concentré sur son art.

— Salut, Simon ! insiste Oriane.

— Hein ? Hey, marmonne son coloc sans tourner la tête.

Oriane se renfrogne. Son sourire devient crispé puis s'efface.

— Désolée de déranger, rajoute-t-elle.

Elle s'apprête à faire vaisselle, puis se rappelle qu'elle a une nouvelle bague à son doigt. Devrait-elle annoncer la nouvelle à son coloc et son frère ? Ils ont l'air concentrés sur ces dessins, de taureau encore, qu'elle arrive vaguement à apercevoir lorsqu'elle se met sur la pointe des pieds.

Elle décide de ranger le bijou dans sa chambre, dans le haut du garde-robe, caché. Elle a confiance en ses colocs, et en son frère, même si elle ne le connaît pas aussi bien qu'avant, mais elle préfère ne prendre aucune chance avec un cadeau aussi précieux.

Elle va se marier ! C'est fou !

Avec quel argent ? Comment va-t-elle organiser le mariage ? Ça sera pour quand ?

Des hordes de questions l'assaillent, mais elle se force à les ignorer pour l'instant, aussi excitée soit-elle.

Oui, cet endroit sera sa cachette lorsqu'elle devra enlever sa bague. Lorsqu'elle doit faire la vaisselle, lorsqu'elle va sous la douche... Peut-être que c'est un peu maniaque ? pense-t-elle en souriant, revenant vers la cuisine pour faire la vaisselle.

En voulant déposer un verre nettoyé, elle passe proche de bousculer son frère par mégarde, qui allait aux toilettes.

— Woups, désolée, dit-elle, toujours contente.

Au même moment, la porte d'entrée s'ouvre. C'est Martin !

— Woo salut ! Ça fait un bail ! Tu étais passé où ? demande Oriane en délaissant les ustensiles mouillés.

— Salut ! lance Martin d'un ton un peu particulier, comme manquant de détermination.

Le nouvel arrivant balaie l'appart du regard. On dirait quasiment qu'il veut confirmer que c'est le bon, qu'il est bien là.

— Ça va ? demande Oriane en se rapprochant.

Difficile à dire, en le regardant. Martin sourit tièdement, cille beaucoup. Une espèce d'irritation, ou de malaise, peut se faire voir dans ses iris. Oriane croit bien qu'il a encore les mêmes vêtements colorés que la dernière fois qu'elle l'a vu. Ce t-shirt vert pâle du film *Dawn of the dead* et ces pantalons rouge foncé qui ne passent jamais inaperçus nulle part. Ses cheveux ébouriffés blonds sont un peu sales.

Simon ne réagit même pas. Il est complètement focalisé sur son dessin.

— Oui, j'étais heu… Enfin, ça va. Quoi de neuf ? demande-t-il.

Le soulagement commence à se lire sur son visage. Un peu.

Quelques secondes ensuite, puis Barthélemy quitte la salle de bain. Ça commence à faire pas mal de monde dans le Salon.

Le bonjour instinctif qu'il y a habituellement entre deux inconnus se rencontrant ne vient pas. Il y a plutôt… un bizarre de croisement de regards. Celui de Barthélemy demeure vide, mystérieux, et celui de Martin redevient angoissé, s'apparentant à celui qui vient de réaliser qu'il a oublié quelque chose d'important.

— Ouais faut, qu… faut que, je dois y aller, mais je vous redonne des nouvelles ! fait Martin en quittant la place.

— Quoi ? lâche Oriane en plissant les yeux.

— Quelqu'un vient de passer ? demande Simon en relevant vaguement le menton, puis en revenant sur son dessin.

— Vous me niaisez, ou ? C'est quoi là ? Il y a des caméras cachées, je sais pas ?

Oriane laisse échapper un rire nerveux. En fait, elle trouve ça vraiment pas drôle.

Un épouvantable mal de crâne la gagne. Ses mains appuyées contre ses tempes, elle a l'impression de retenir un volcan qui veut exploser. Ça fait trop mal.

— Je vais aller me coucher moi… lâche-t-elle en allant dans sa chambre.

En se laissant tomber sur son lit, elle prie pour que le rendez-vous médical à 10 h demain l'aide, parce qu'elle ne pourra pas continuer comme ça longtemps.

*

Son lit est dur. Vraiment dur. C'est très inconfortable.

Elle s'entête à garder les yeux fermés, dans l'espoir de retourner au stade de sommeil, ce sommeil si précieux, mais…

Son lit n'est pas seulement dur. Il est sale, poussiéreux, même rocheux ? Qu'est-ce qu…

En ouvrant les yeux, elle se rend compte qu'elle n'est plus dans sa chambre. Plus sur son lit.

Elle est dans un couloir sombre, chaud, crasseux. Tout est en pierre grisâtre. Il y a des écorchures un peu partout qui projettent une lumière rouge, et de la fumée.

C'est un cauchemar ? Mais elle est bien là. Tout est réel !

Elle se redresse sur ses pieds nus. Toujours en pyjama. Toujours elle.

Mais elle n'est plus dans sa chambre.

— Quessé ça, bafouille-t-elle, terrorisée.

Derrière elle, c'est un cul-de-sac rocheux, mais en avant, ça se poursuit sur la droite et la gauche.

— C'est pas vrai, réveille-toi. C'est pas vrai, réveille-toi. C'est pas vrai, réveille-toi, répète-t-elle, la tête entre les mains.

Le sol est assez brûlant, et elle doit relever les pieds de temps à autre.

— Ça se peut pas. Où est-ce que je suis ?

Elle se pince le bras fort. Un cauchemar ne peut pas être si réel.

Mais c'est quoi, alors ?

La peur et l'incompréhension lui vrillent les entrailles. Tout son corps tremble intensément. Elle respire tellement vite qu'elle en a mal aux poumons.

Son lit… Son lit était là, elle en est sûre ! Impossible de le retrouver, pense-t-elle en tapotant le sol pierreux.

Ça n'a pas de sens.

L'air est… lourd. C'est le seul terme qui lui vient à l'esprit pour le décrire. Respirer est difficile.

Les murs aussi sont assez chauds. Comme s'ils contenaient l'enfer.

En fait, ça ressemble à l'enfer, ici.

Oriane décide de s'aventurer dans le couloir. Au fond, à sa gauche, il y a une très ancienne porte métallique, couverte de toiles d'araignées. À droite, le chemin se poursuit à travers une brume épaisse, effrayante.

Elle pose la main sur la pognée de la porte, mais celle-ci est extrêmement brûlante. Elle recule en lâchant un grognement de douleur.

Il ne reste que l'autre chemin.

Incertaine si cette espèce de brouillard est toxique, elle garde sa respiration et fonce au travers.

Heureusement, le couloir redevient « normal » après quelques pas. Au fond, une sortie d'un rouge sombre lumineux, cerclé de larges pics rocheux. Tout près d'elle, assis contre le mur, il y a deux individus.

Elle sursaute en voyant leur apparence.

Les deux, dans le peut-être début trentaine, ont une allure… épouvantable. On dirait qu'ils ont subi les mille supplices. Leur visage est dévasté, zébré de cicatrices et de rides anormales. Leur peau est brûlée, brisée. Dans leur expression fatiguée s'accumule une habitude instinctive au désespoir. Celui de gauche a la bouche cousue par des fils de métal. Il fixe le néant, attendant quelque chose qu'il a oublié depuis longtemps. Celui de droite accorde une épuisante attention à la jeune femme, tournant la tête avec pénibilité.

— Yw'oi! W'a l'air neuve, dit-il, la gorge frêle.

— Qu… quoi ?

— W… T'as… T'as l'air neuve, répète-t-il, en se relevant d'une démarche douloureuse.

Il sort un couteau de l'arrière de sa ceinture.

— Ho ! lâche Oriane en reculant d'un pas.

— W'je vais t'éventrer dwu vagin au menton !

Oriane tourne les talons et se sauve dans la brume.

Et elle se réveille dans son lit. En sanglots.

Chapitre 8

Pendant la première minute, Oriane ne cesse de tapoter son lit, son esprit voulant confirmer qu'il est bien là. Que tout est bien à sa place.

Oui, elle est bien ici, dans sa chambre.

Jamais, de toute sa vie, un cauchemar ne lui a paru si réel.

En fait, tout était réel. Oui, c'était exactement comme la réalité.

Comment est-ce que ça a pu arriver... Est-elle en train de perdre la tête ? Est-ce que ça a rapport à ce que ce médecin a cru dénicher dans ses examens ?

Toujours en pyjama, elle sort de sa chambre. Simon dort sur son La-Z-Boy, le crayon encore entre les doigts. Pas de trace de Martin, qui est passé dans le plus vif des coups de vent hier.

Barthélemy est là, étendu sur le sofa, les mains posées sur le ventre. Son regard songeur se tourne vers Oriane.

— Bon matin, fait-il, le ton neutre.

— S… Salut, répond Oriane.

Elle essaye de se secouer, de revenir sur terre et d'oublier cet affreux épisode onirique, mais ce n'est pas chose simple.

— Je, j'ai un rendez-vous avec le médecin, aujourd'hui, dit-elle machinalement en se préparant un café.

Barthélemy a l'air un peu surpris.

— Le médecin ?

— Oui. Il aurait peut-être détecté des problèmes. Enfin, le docteur que j'ai vu l'autre fois. C'est pas trop clair, mais ils vont faire des tests pour voir si tout est normal.

Elle soupire en regardant son café couler.

— Je n'avais vraiment pas besoin de ça, juste avant mes examens de session… marmonne-t-elle.

Son frère se met en position assise.

— T'es pas obligée d'y aller. C'est sûrement rien, dit-il.

— Je sais pas… Il avait l'air assez préoccupé.

Barthélemy est mal à l'aise. Oriane ne comprend pas pourquoi.

— Et évidemment, je manque un cours du même coup. *Oh well…*

Assez juste dans le temps, elle fait couler le café dans un petit thermos, retourne dans sa chambre s'habiller, pose une tranche de pain dans sa bouche puis se dirige vers la sortie.

— À pluche ! marmonne-t-elle à voix haute, le pain entre les dents.

*

Dans le grand bureau brun décoré à l'ancienne de l'ancienne, le docteur Thomas, devant Oriane, lui pose toute sorte de questions, mais ne répond jamais vraiment, ce qui commence à être énervant. Sa voix, d'une douceur artificielle, fait un penser à du ASMR qu'on peut entendre sur YouTube.

Oriane vient de subir de nombreux scans et radios sans avoir le droit d'avoir des éclaircissements quelconques…

— Est-ce que vous avez parfois des troubles de l'élocution, de la vision, de l'audition ? Ou des étourdissements, des troubles de l'équilibre ?

— Non, enfin… J'étais étourdie l'autre jour quand je suis tombé inconsciente.

— Des troubles de la mémoire, des perturbations de l'apprentissage ou du comportement ?

Oriane se gratte les cheveux, puis répond qu'elle a de la difficulté à l'école, ces temps-ci.

— Vous avez de gros maux de têtes, aussi, que vous avez dit, n'est-ce pas ? Ressentez-vous parfois une certaine faiblesse, ou une paralysie ?

— Non. Faiblesse, peut-être un peu. Écoutez, j'ai été pas mal patiente et ce n'est pas dans ma nature de l'être tant que ça. Est-ce que vous allez me dire ce que j'ai ? Sinon, je crois que je vais m'en aller. Ça commence à être un peu ridicule.

Ce très franc-parler déstabilise d'abord un brin le docteur, qui affiche ensuite de la compassion.

— Je suis désolé. Vous avez raison. En fait, vous êtes un cas très particulier. Je vais vous montrer les résultats de vos scans à la tête…

Il lui montre toute sorte de papiers affichant son cerveau avec des points et mesures ici et là.

— Désolée, je ne comprends pas trop ce que ça veut dire.

— Je suis dans le regret de vous annoncer que vous avez une tumeur cancéreuse au cerveau.

— J… Quoi ? répond Oriane, estomaquée.

— Mais c'est un phénomène très particulier. Tous les tests indiquent que vous auriez ce cancer en stade avancé depuis très longtemps, une dizaine année au moins. Mais d'après vos réponses, vos symptômes sont assez récents. En fait…

Il marque une pause, perdu dans sa confusion. Il donne l'impression d'un homme qui n'a pas l'habitude de ne pas comprendre.

— Vous ne devriez pas être capable d'être… dans cet état de bonne santé. Malgré vos maux de tête et étourdissements, vous allez assez bien, en comparaison au patient moyen qui a un cancer du cerveau depuis si longtemps. En fait, c'est assez rare qu'on survive à un tel type de cancer plusieurs années, et cela avec traitement. Et je ne vois rien dans votre historique par rapport à cela. C'est un mystère total. Mais je compte bien mettre tout ça au clair.

Oriane veut répondre, mais la stupéfaction lui a volé la voix. L'incompréhension, et surtout la peur, marquent ses bras.

— Je sais que ce n'est pas facile à assimiler, tout ça. Concentrez-vous sur le positif. Comme je vous ai dit, vous allez bien, en général. Peut-être que votre organisme a réussi à repousser en grande partie le cancer. Peut-être que cette tumeur a des particularités qui sont beaucoup moins néfastes que les autres. Je vais vous prescrire des médicaments pour vos maux de tête et pour mieux dormir. Maintenant, je vais vous donner des rendez-vous réguliers, pour des suivis. Je vous demande de prendre beaucoup de repos. Franchement, je prendrais une pause de l'université, aussi. Il faut éviter le stress.

Incertaine face à cette recommandation, Oriane serre les poings.

Prendre une pause de l'université… En pleins examens finaux.

— Bon… Je vais suivre vos conseils et je vais me reposer.

Des larmes lui coulent sans prévenir sur les joues. Elle qui pensait réussir à se contrôler.

— On ne va pas vous lâcher. Ne vous découragez pas, dit le docteur Thomas, compréhensif.

— Merci…

*

Tandis qu'elle sort du métro, le découragement ne quitte pas Oriane, même pas une seconde. Elle arrive à demeurer optimiste, en général, mais là…

Bob le sans-abri est là. Elle s'approche pour lui remettre quelques pièces, mais il la fixe avec dédain et s'éloigne. Hé bien…

Elle croise aussi l'autre itinérant qui dresse toujours sa pancarte sur Jésus et Dieu, et qui proclame toujours avec virulence qu'il faut se réveiller, que des êtres du mal nous manipulent et tout ça…

La journée ne fait que commencer et elle a l'impression d'avoir une semaine complète dans le corps. Devrait-elle retourner dormir ? Après ce qui est arrivé la dernière nuit, ça ne lui donne pas trop envie.

Le froid, rigoureux et persistant, sévit en maître dans cette atmosphère qui fait de plus en plus penser à l'aube de l'hiver. Au moins, le vent est doux, sifflant monotonement à ses oreilles.

Toujours en marchant, elle remarque avec surprise que son frère se tient à l'écart, dans l'ombre, derrière le Tim Horton, avec un autre homme. Ce dernier semble assez non-recommandable, du moins, si quelle écouterait ses préjugés. Il fait penser à un voyou, un membre d'un gang de rue. Qu'est-ce que son frère fait à discuter avec un tel personnage ? Est-ce que ses problèmes d'argent seraient liés à la drogue, comme elle l'a supposé parmi d'autres hypothèses ?

Elle ne veut pas qu'il la voit. En plus, elle est encore sur le coup de l'émotion, après avoir reçu cette affreuse et incompréhensible nouvelle.

Au moins, le médecin lui a donné des médicaments forts pour le mal de tête et aussi pour mieux dormir.

La voilà rendue à l'appart. Simon dort encore dans le salon, enseveli sous une multitude de dessins de taureaux. Quel étrange passe-temps. Est-ce qu'il est dans une sorte de période de transe pour un prochain livre ? Elle ne connaît tellement rien à ça. Son seul côté artistique se résume à ses cours d'art plastique au primaire.

Elle décide de prendre les médicaments pour essayer de dormir un peu. Peut-être qu'elle devrait aller jogger, prochainement. Ça fait déjà un moment qu'elle en a fait.

C'est curieux, car il fait très chaud dans sa chambre, malgré le temps dehors. Son chauffage est pourtant fermé. Elle fait le tour de l'appart, et la chaleur provient bel et bien de sa chambre et se concentre là.

— C'est quoi ça, encore. Comment ça se fait, se rumine-t-elle à elle-même.

Elle ne va pas ouvrir la fenêtre, quand même…

Bon, elle dormira sans pyjama ce soir.

D'habitude, elle laisse la porte de sa chambre entrouverte, coutume qu'elle a gardée pour que son chat se promène un peu partout dans l'appart, même s'il est mort depuis un an. Elle croit aussi avoir une légère claustrophobie.

Elle file sous ses couvertures et s'endort rapidement.

*

En se réveillant, l'esprit toujours à moitié endormi, elle constate qu'il fait déjà noir.

Il semblerait qu'elle ait eu le sommeil agité, sa couverture est presque complètement tombée sur le plancher.

Elle se crispe : sa porte est entre ouverte. Et elle voit une silhouette, qui l'observait, reculer puis disparaître dans l'angle invisible.

Était-ce son frère ? Elle n'a pas eu le temps de bien voir. Mais une chose est sûre : quelqu'un la reluquait pendant qu'elle était nue sur son lit.

Elle enfile son pyjama à la hâte puis sort de sa chambre pour voir. Simon est à « son poste », en train de dessiner. La télé est ouverte aux nouvelles. Pas de signe de Martin. Barthélemy sort à l'instant des toilettes.

— Bonsoir, dit-il. Bien dormi ?

— Oui… Merci.

A-t-elle rêvé ? Difficile à dire. Si c'était bien son frère qui la zieutait, il joue très bien la comédie, car il n'y a aucune trace de malaise sur son visage.

— J'ai acheté du jus d'orange. Il me semble que tu as toujours aimé ça, fait son frère en s'assoyant sur le sofa, écoutant distraitement la télé.

— Oui, c'est vrai que j'en bois beaucoup moins qu'avant. Merci !

C'est curieux, car il fait très chaud dans sa chambre, malgré le temps dehors. Son chauffage est pourtant fermé. Elle fait le tour de l'appart, et la chaleur provient bel et bien de sa chambre et se concentre là.

— C'est quoi ça, encore. Comment ça se fait, se rumine-t-elle à elle-même.

Elle ne va pas ouvrir la fenêtre, quand même…

Bon, elle dormira sans pyjama ce soir.

D'habitude, elle laisse la porte de sa chambre entrouverte, coutume qu'elle a gardée pour que son chat se promène un peu partout dans l'appart, même s'il est mort depuis un an. Elle croit aussi avoir une légère claustrophobie.

Elle file sous ses couvertures et s'endort rapidement.

*

En se réveillant, l'esprit toujours à moitié endormi, elle constate qu'il fait déjà noir.

Il semblerait qu'elle ait eu le sommeil agité, sa couverture est presque complètement tombée sur le plancher.

Elle se crispe : sa porte est entre ouverte. Et elle voit une silhouette, qui l'observait, reculer puis disparaître dans l'angle invisible.

Était-ce son frère ? Elle n'a pas eu le temps de bien voir. Mais une chose est sûre : quelqu'un la reluquait pendant qu'elle était nue sur son lit.

Elle enfile son pyjama à la hâte puis sort de sa chambre pour voir. Simon est à « son poste », en train de dessiner. La télé est ouverte aux nouvelles. Pas de signe de Martin. Barthélemy sort à l'instant des toilettes.

— Bonsoir, dit-il. Bien dormi ?

— Oui… Merci.

A-t-elle rêvé ? Difficile à dire. Si c'était bien son frère qui la zieutait, il joue très bien la comédie, car il n'y a aucune trace de malaise sur son visage.

— J'ai acheté du jus d'orange. Il me semble que tu as toujours aimé ça, fait son frère en s'assoyant sur le sofa, écoutant distraitement la télé.

— Oui, c'est vrai que j'en bois beaucoup moins qu'avant. Merci !

Oriane remarque encore la cicatrice sur la paume de la main de Barthélemy. Elle se demande bien comment il s'est fait ça. Aux dernières nouvelles, même si elles remontent à loin, son frère ne cuisinait pas.

Quant aux nouvelles de la télé, on annonce qu'un père, un arabe musulman, a tué toute sa famille, et on passe ses voisins sous le choc en entrevue.

— C'est fou quand même, d'être si mauvais… marmonne Oriane en écoutant les personnes ébranlées parler.

Son frère s'étire le dos, puis dit :

— Je pense qu'il y a des êtres mauvais qui étaient autrefois bons, qui se sont perdus le long du chemin.

— Ah oui? Tu penses?

— Ça peut arriver, de partir avec une certaine bonne volonté, de se battre pour quelque chose en laquelle on croit, même si ça finit par nous dévorer.

Elle se masse le visage, encore endormie, ne voyant pas trop de nuances à faire dans cet acte terrible, puis dit qu'elle va un peu courir dehors.

Elle va chercher un chandail long et un jogging chaud, puis quitte l'appartement. L'air glacé s'impose toujours avec autorité en cette soirée. Les feuilles étroites délaissent leur arbre pour décorer le sol. Bien curieux, quand Oriane repense à la chaleur incompréhensible de sa chambre.

Malgré la température non optimale, ça lui fait du bien de courir. Elle a oublié de se nourrir, toutefois, et son ventre commence à gronder. Une amie lui a déjà mentionné que c'est bien de courir à jeun, mais Oriane est sceptique.

Dans la direction opposée, une autre fille jogge vers elle. Sur le coup, Oriane se sent moins seule de courir en cette période de l'année. Cependant, l'inconnue est vêtue d'une bien étrange façon. Son style est difficilement descriptible. Un genre de style punk et gothique, mais avec des vêtements très vieux, usés et sales. Elle a de nombreuses chaînes, bracelets noirs, bagues et autres accessoires du genre moyenâgeux.

La jeune femme sourit. Follement. Elle fait penser sur le moment à Harley Quinn, l'associée du Joker.

Puis, elle envoie un coup de poing au visage d'Oriane.

— Qu!... bafouille Oriane en tombant sur le derrière.

La stupeur est aussi totale que la douleur à sa joue.

— Nous voilà donc en la sublime présence de la favorite, de la frangine sacrée ! hurle son agresseur d'une voix aiguë.

Elle lui donne de violents coups de pied, l'empêchant de se relever. Puis, elle demeure tranquille.

— Qu'est-ce tu veux, estie de folle ! rugit Oriane, sonnée.

— Je me dénomme Mala-ika. Préparez-vous à subir mes défécations pénitentielles !...

La femme descend ses pantalons et ses sous-vêtements d'une traite, se retourne, puis commence à carrément chier en direction d'Oriane!

— Kossé que tu fais, estie de... hurle Oriane en reculant puis en se relevant.

— Tiens ! s'exclame la cinglée en donnant un nouveau coup de poing au visage de sa cible.

Oriane, de nouveau à demi assommée, retombe au sol. Comment peut-elle être si forte ? Elle est mince comme un cure-dent !

La gothique continue de rouer sa victime de coups, jusqu'à ce qu'une voix familière résonne.

« Lâche là ! What the fuck! Lâche là j'ai dit ! »

La dénommée Mala-ika finit par s'enfuir. Oriane reconnaît Simon, qui l'aide à se relever.

— Ça va ? C'était qui cette fuckée ? demande Simon.

— Je sais pas ! Elle m'a sauté dessus sans raison !

— Elle était costaud. Je l'ai attrapé pis mis tout mon poids en arrière, pis même là, ça a été *tough* la dégager de toi.

Oriane souffle, se sent un peu mieux, contente de cette aide surprise dans cette attaque-surprise.

— J'ai été chanceuse que tu passes par là!

— Ouin, j'men allais à l'épicerie pogner de quoi à manger.

— Ah oui, tu as délaissé tes précieux dessins !

Simon semble mal à l'aise.

— Bon… Je vais retourner à l'appart. Ça m'a coupé un peu l'envie de courir, dit Oriane.

— Ça me ferait pas de mal, à moi ! fait Simon en rigolant. Allez, à tout à l'heure.

Oriane fait quelque pas, puis réalise l'évidence : elle devrait appeler la police.

Elle compose le 911.

« Service d'urgence 911 je vous écoute ? »

— Bonjour, j'ai été attaquée par une femme.

« Est-ce que l'agresseur est toujours dans les environs ? »

— Non, mon ami m'a aidée. La femme s'est sauvée.

Oriane se rend compte que son ton est tremblant. Elle essaye de respirer moins vite.

« Quel est votre nom et où vous trouvez-vous, madame ? »

— J'habite le 4178 rue Montgomery. Je m'appelle Oriane Deschamps. C'est arrivé juste devant chez moi. Et je -

"Ok. Est-ce que vous allez bien ? Avez-vous besoin d'une ambulance ?

— Non, j'ai mal, mais ça va. Rien de cassé.

« *Est-ce que vous pouvez nous fournir une description de l'agresseur ? Nous allons envoyer des patrouilles tout de suite.* »

— Oui, heu. Je dirais début vingtaine, cheveux noirs sales. Vêtements noirs, style gothique, avec des chaînes, tête de mort et tout ça. Elle était très sale en général, un peu comme une itinérante.

« *Ok, merci madame. Écoutez, nous allons envoyer des patrouilles la chercher. Restez chez vous, des policiers viendront vous voir.* »

— Ok, merci.

« *De rien. Prenez soin de vous, madame.* »

Oriane, en se massant la mâchoire, retourne vers son appart. Encore étourdie, elle se demande : mais qui donc était cette fille ?

Chapitre 9

Barthélemy n'est pas à l'appart à son retour. Simon est revenu assez vite de l'épicerie. Des policiers sont venus, pour prendre plus d'infos, savoir si Oriane connaissait son agresseur, si elle l'avait déjà vu dans le coin, si elle avait une idée du pourquoi la femme l'a attaquée, et tout le tralala. Ils n'ont pas réussi à la retrouver. C'est tout de même étonnant, une fille d'une telle apparence...

Le reste de la soirée et toute la journée de mercredi, Oriane est demeurée dans sa chambre, songeant à sa situation, à son avenir très incertain. Il semblerait que le destin lui en veuille, ces temps-ci, avec l'arrivée de son frère excentrique, cette tumeur ainsi que cette attaque gratuite.

Jeudi vers midi, toujours aucun appel du médecin. Mais elle reçoit un texto très déstabilisant de Jordan :

« *Salut… Écoute, je ne sais pas comment te dire ça. Je vais y aller direct : je ne veux plus me marier avec toi. Je pense que j'ai agi trop vite, de manière impulsive. Ces derniers jours j'ai réfléchi beaucoup à nous deux, de manière objective, et j'ai compris que je voulais pas passer ma vie avec toi. Je ne pense pas que c'est assez profond, ce qu'il y a entre nous. Je préfère me concentrer à trouver la bonne. Tu peux garder la bague. Je te souhaite une bonne vie.* »

Le cœur d'Oriane galope comme une horde de chevaux en furie.

C'est… Ça ne se peut tout simplement pas. Pas…

C'est sûrement une blague lugubre. Une sorte de poisson d'avril vraiment en avance et vraiment de mauvais goût ?

Elle l'appelle. Il ne répond pas.

Sauf à la quatrième tentative.

— Écoute Ori, je t'ai déjà tout dit dans mon texto. Ne rends pas ça encore plus difficile. Ne me dérange plus. C'est fini entre nous.

Il raccroche.

Quoi?

L'incompréhension. L'amertume… grouillent dans son ventre.

Pendant une demi-seconde, elle est si triste qu'elle pense à mourir, là, tout de suite.

Pourquoi il a changé si drastiquement, comme ça ?

En larmes, elle décide de texter son amie Judith. Celle-ci dit que Mathieu va garder le bébé ce soir et qu'elle va la rejoindre et dormir chez elle pour cette nuit.

*

Ça sonne.

Oriane sourit à son amie en ouvrant la porte. Celle-ci semble en pleine forme. Elle est l'une de ces personnes qui nous font constater à quel point le gym fait une différence sur le long terme. Grande aux cheveux blonds, un peu trop de *black eyeliner*, chandail tricolore et longue robe bleue, Judith est resplendissante. Côté humeur, elle a toujours été à l'opposé total de son chum Mathieu.

Simon est revenu en mode dessin 24 h sur 24. Impossible d'avoir son attention. Oriane n'a pas pris la peine de lui révéler qu'elle et Jordan ne sont plus ensemble.

— Ma pauvre chouette… Comment tu vas ? demande Judith en serrant son amie dans ses bras.

Oriane ne lui a rien dit pour son cancer. Elle n'arrive toujours pas à le croire elle-même.

La seule bonne nouvelle, dans toute cette période sombre et triste, c'est que ses médicaments contre le mal de tête sont efficaces.

— Tu l'as déjà vu quelques fois, mon coloc Simon, fait Oriane en guise de brève présentation.

— Oui. Bonsoir ! répond Judith.

— Hein ?... Hey ! répond Simon sans grand intérêt.

— Ton autre coloc, heu, Martin, n'est pas là ?

— Non… Il agit de manière étrange, ces temps-ci…

Oriane jette un bref regard sur Simon.

— D'ailleurs, il n'est pas le seul !

Pas de réponse de son coloc.

Heureusement que Judith est là. Ça lui fait du bien d'avoir une personne normale dans son entourage, pour une fois.

— Cet imbécile de Jordan va regretter sa décision impulsive... grogne Judith. Un ex m'a fait un coup similaire, une fois.

— Ouais... Je ne comprends pas ce qui lui prend...

— Oublie-le pour ce soir. On va se commander du *Uber eat* et s'écouter un film drôle ! Ça te tente ?

Une chose qu'on ne peut pas enlever à Judith, c'est qu'elle est toujours là pour ses amies. Surtout en ces temps occupés : Oriane sait que Judith est en processus de déménagement en maison avec Mathieu.

Réfugiée dans sa chambre avec sa copine, elle lui raconte ses problèmes, avec son frère qui va et vient tel un fantôme, à l'école, avec Jordan, avec l'autre cinglée qui l'a attaquée. Sans préciser la nature de son souci de santé, elle explique tout de même que c'est grave. Elle ne veut pas voir son amie, censée la remonter, s'effondrer, sinon elle s'écroulerait aussi.

Ils commandent une pizza et écoutent deux films : Le dîner de cons et La grande séduction. Le seul critère était de limiter le côté romance. Oriane laisse échapper de nombreux fous rires. Ça lui fait du bien.

— Il est pas mal concentré sur ses dessins, ton coloc, en tout cas ! fait Judith.

— Oui, une nouvelle passion, apparemment.

— Il doit être célibataire, non ? Il m'a regardé quelques fois avec un air un peu intéressé, chuchote son amie.

— Oui, je crois. Je ne sais pas trop, en fait.

— Tu veux écouter un autre film ?

— Non, je suis un peu fatiguée. Tout à l'heure, je serais peut-être sortie dans un bar, mais là je pense que je vais faire dodo. Tu peux y aller si tu n'es pas encore fatiguée.

— Oh non, mademoiselle ! J'ai dit que je dormirai ici ! Mais j'aimerais mieux éviter ton matelas gonflable louche…

— Haha, non. Tu peux dormir dans mon lit avec moi, il est pas mal grand. Si c'est bon pour toi.

— C'est ben correct ! J'ai apporté mon pyjama ! Je vais me changer dans ta salle de bain, je reviens.

Tandis que Judith se change, Oriane va porter les assiettes et verres dans le lavabo. Elle remarque en entendant des ronflements que Simon s'est endormi. Pas mal tôt, pour l'éternel oiseau de nuit.

Oriane met un pyjama au motif de Pink Floyd, et aperçoit Judith revenir avec un pyjama rouge vin.

— Ah, un autre qui ronfle, commente Judith. Moi aussi, ça m'arrive souvent. Je ronfle comme un tracteur, la bouche grande ouverte… Est-ce que tu pourrais me passer un de tes médicaments pour dormir ? Ça fait trois jours que je dors mal.

— Dormir mal, ces temps-ci, je connais. Tiens, prend une pilule.

Les deux filles se mettent au lit, et s'endorment bien vite.

*

Des bruits étonnants finissent par réveiller partiellement Oriane. Comme des rugissements légers. Des rugissements de plaisir.

Au départ, avec son esprit embrouillé et la noirceur de la chambre, elle ne parvient pas à bien discerner ce qui se passe. Puis, elle finit par voir.

Simon est posé en dessus de Judith, nu. Il a son pénis inséré dans la bouche de son amie endormie.

Un court instant, Oriane demeure paralysée par... cette folie, ce côté insensé de la scène.

Ses yeux ne lui jouent pas de tours.

— Simon ?!... tonne Oriane.

Au même moment, Judith, qui était à demi assommée par la pilule, se réveille. Son regard passe de la confusion à la surprise. Elle tente de repousser Simon, le sexe toujours dans la bouche, mais n'y arrive pas. Elle finit par y parvenir à l'aide d'Oriane.

— C'est quoi ton ostie de problème ?! hurle Judith tandis qu'Oriane allume la lumière.

Les deux filles sont maintenant debout, mais Simon est toujours à quatre pattes, le regard vide, comme perdu dans un autre monde.

— Il est somnambule ? fait Oriane.

— Quoi ?! crache Judith, enragée.

— Hey ! Réveille, Simon ! crie Oriane en claquant des mains près de son visage.

Simon secoue la tête. Tente de comprendre où il se trouve.

— Du somnambulisme ? Sérieusement ? s'enrage Judith en se dirigeant vers la sortie de la chambre.

— Attends, Judith ! fait Oriane en se dirigeant vers elle.

Elle ne comprend pas plus cette scène surréaliste qui vient de se dérouler sous ses yeux. Mais elle a le souvenir de Simon qui l'a aidé contre la femme qui l'a agressé plus tôt.

— Non, Oriane ! C'est une agression sexuelle, c'est pas du somnambulisme, ok ? Ton coloc, c'est un esti de fucké. Je m'en vais, *live* !

— Judith, mais attends, voyons…

Judith prend son sac, enfile ses souliers et quitte l'appart en pyjama. Oriane sait que sa voiture est tout près.

« *T'es chanceuse que j'appelle pas la police !* » hurle Judith avant de s'éloigner.

— Criss !... Mais c'est quoi que... Qu'est-ce que tu foutais, au juste, Simon ?

Simon est en train de se rhabiller. On dirait vraiment qu'il ne comprend rien de ce qu'il vient de se passer. Il est tout autant contrit que confus.

— Je... Je *catch* rien ce que qui vient d'arriver, Ori...

— Je peux-tu avoir juste un peu de normalité dans ma vie, ces jours-ci ?

Simon ne répond pas. Il baisse le regard.

— T'as vraiment de la chance que t'es mon ami depuis longtemps pis que tu m'as souvent aidée... Je vais te laisser le... bénéfice du doute pour cette... cette *chose* qui vient d'arriver.

— Je ne sais pas ce que j'ai, ces temps-ci. Je vais aller me coucher... Désolé. Vraiment, désolé.

Simon retourne dans sa chambre et ferme la porte. Oriane se retrouve de nouveau seule.

Jamais elle ne s'est sentie si seule.

Chapitre 10

Dans la journée de vendredi, Oriane s'est efforcée de dormir. Il le fallait, car elle va travailler de nuit, cette fois, à Ekinz. Mathieu prend ses quarts de jour jusqu'à nouvel ordre.

Ça ne lui plaît pas tant de devoir se promener seule la nuit.

Le médecin l'a appelé vers midi, pour lui donner un rendez-vous lundi prochain, à 10 h. Il n'a pas laissé entendre qu'il a de bonnes ou mauvaises nouvelles.

Les moments dans la journée où Oriane est sortie de sa chambre, elle a vu Simon en train de dessiner, le regard plus que concentré. Il ne lui a pas adressé la parole. Pas par honte ou remord, mais plutôt comme s'il ne l'avait même pas aperçue. Le voilà de retour en mode bizarre.

Pas de trace de Martin, ni de Barthélemy. Mais où dorment-ils donc ?

Son frère lui a vraiment donné l'impression qu'il n'avait ni argent, ni endroit pour dormir.

20 h 15. Elle observe sa tête moche dans le miroir de la salle de bain. Elle n'a pas du tout la motivation de se mettre belle. Ces temps-ci, elle n'a envie de rien.

Ses maux de crâne la laissent tranquille, mais elle a parfois la vision embrouillée quelques secondes. Une agent de sécurité démoralisée et à la vision trouble, voilà qui va rassurer les clients, se dit-elle en souriant d'ironie.

Elle quitte l'appart et s'engage dans la rue. Ça lui fait un drôle d'effet de sortir travailler quand il fait nuit. Elle n'y est pas habituée.

En marchant, elle songe à comment elle va gérer l'université. Les examens sont censés être la semaine prochaine, mais elle ne pourra pas les faire. Pas dans cet état d'esprit, encore moins dans cet état de santé. Elle ne pourra pas se faire rembourser sa session. Peut-être si elle y joint son dossier médical ? Ils seraient très insensibles de refuser.

Bob est à l'entrée du métro, en train de fumer une cigarette. Il ignore Oriane de manière un peu pathétique, tel un enfant boudant sa mère. Dans la station, elle aperçoit un nouveau graffiti de couleur bleue : H Colom. Comme pour la plupart des autres graffitis qu'elle a croisés : aucune idée ce que ça signifie. Dans la fatigue, le nom de Colombo lui vient en tête, le fameux détective, puis elle se souvient que ce n'est pas comme ça que ça s'écrit.

À l'intérieur, attendant que le train arrive, Oriane constate ce qu'elle prévoyait : beaucoup de gens sur le party en ce vendredi soir. À sa gauche, un groupe dont la moyenne d'âge doit être 18 ans. Les filles ont presque toute des camisoles très courtes, malgré le froid dehors. L'une d'elles fixe Oriane avec une espèce de dédain railleur. À sa droite, une bande dans la mi-vingtaine, surtout de peau noire, qui fait jouer de la musique de rap avec une radio que l'un d'eux tient sur une épaule. Une vieille mode qui revient, on dirait.

Pendant le court trajet, Oriane se laisse perdre dans ses pensées. Elle pourrait demander par texto à Barthélemy ou Martin où ils sont, un peu tannée de les voir passer en coup de vent à l'appart, mais elle n'en a pas tant envie. Elle veut se concentrer sur elle.

Elle laisse un message sur Facebook à sa mère pour savoir si elle et son père ne voudraient pas dîner au Nickels lundi. Elle a toujours été orgueilleuse et ne souhaite pas de leur aide en ce qui concerne Barthélemy. Mais elle aimerait bien éclaircir les choses sur ce qu'il a dit :

« Non. Ils ont dit que je suis un bon à rien. »

C'est tout sauf leur genre de dire ça. Est-ce une autre « ruse » de son frère pour lui attirer de la sympathie ? Comme pour l'histoire du fait qu'il serait mort sans son aide ?

Peut-être qu'elle accorde trop d'importance aux liens de sang. Son frère n'a pas été très honnête avec elle. Il ne dit rien sur ses problèmes. Pour le toit et la nourriture qu'elle lui offre, il pourrait au moins lui en révéler un peu.

C'est décidé : lundi elle ira voir ses parents et ensuite, dès qu'elle verra Barthélemy, elle lui réclamera des éclaircissements sur sa situation. Sinon, ce sera tant pis, il faudra qu'il quitte.

S'il est toujours le même qu'autrefois, il a un bon fond. Peut-être qu'il ne veut pas la mêler à ses problèmes. Elle l'a bien vu en compagnie d'un gars louche, l'autre jour.

Oriane a l'impression d'avoir plusieurs pièces du puzzle, mais aucune idée de l'ordre dans lequel les insérer.

Elle arrive au grillage qui protège l'entrepôt Ekinz. Mathieu vient lui ouvrir avec un sourire et un enthousiasme déroutant. On dirait que ça lui va fait bien, de travailler de jour. Tant mieux pour lui…

— Alors, ça va, ma belle Ori ?

Un autre qui l'appelle Ori. Commence à en avoir marre.

— Oui ! Pas habituée de travailler de nuit. As-tu des trucs ?

— Hmm… L'important c'est de bien dormir avant. Après, c'est pas mal comme de jour ; c'est mieux de t'amener des trucs pour t'occuper ! Sans ça, le 12 h de nuit va être long.

— Ouin… Ok merci !

S'occuper. Normalement, elle aurait apporté des livres et notes de cours pour étudier, mais là, ça ne sert pas à grand-chose.

Elle se contentera d'écouter des séries. *The Last of Us*, peut-être ; ça l'air intéressant.

Pas de films d'horreur, en tout cas. Pas le moment idéal.

L'impénétrable noirceur est presque oppressante, dans la cour. Les jets de lumières projetés par les longs poteaux ne suffisent pas vraiment à ambiancer la place avec plus de légèreté. Entre les deux quarts, c'est vraiment le jour et la nuit, c'est le cas de le dire.

— Allez ! Je vais aller rejoindre ma Judith, moi ! À plus !

Son excellente humeur suggère à Oriane que Judith ne lui a pas parlé de ce qui s'est passé chez elle, hier. Elle peut bien imaginer que ce n'est pas le genre de chose facile à raconter ou expliquer. Elle-même n'a pas trop bien compris ce qui est arrivé.

Son collègue quitte la place en sifflant joyeusement. Oriane barre le cadenas de la grille derrière lui.

Sa mère lui écrit sur Facebook, confirme que ça sera un plaisir de la voir lundi. Elle lui souhaite bonne nuit.

En tout cas, la nuit s'annonce pour être longue.

Il y a des gens qui aiment ça, travailler de nuit. Oriane n'a jamais vraiment trop compris cet attrait. Les rares fois où elle l'a fait, elle se sentait à l'envers, et pas bien, surtout rendue au matin, ainsi que les autres jours suivants. Même son appétit était touché. Peut-être qu'on s'habitue, à la longue. Il est vrai que la tranquillité vient souvent avec le travail de nuit. Dans le domaine de la sécurité, en tout cas.

Elle ouvre ses réseaux sociaux, Facebook, Instagram, Tik Tok. Tombe sur d'anciennes photos de famille. C'est fou la chimie et la complicité entre elle et Barthélemy qu'elle voit refléter sur ces vieilles images. Les temps ont bien changé. Elle ne saurait dire ce qui s'est passé pour qu'ils en arrivent là. C'est le genre de chose triste qui arrive, dans les familles et les amitiés. On prend des chemins différents, et parfois, devant une tasse de thé ou de café, entre deux songes, on est nostalgiques de certains bons moments, des souvenirs poignants, indélébiles.

« Ori, j'ai besoin de ton aide. Sinon, je vais mourir. »

Oriane se ressasse cette phrase dans sa tête.

Et si c'était vrai ?

*

2 h 39. Elle n'a même pas encore fini la moitié de son quart et déjà, elle commence à dormir debout.

Si elle se laissait aller, elle pourrait sûrement se trouver un coin dans un entrepôt et dormir, mais elle aurait mauvaise conscience de faire une telle chose. En plus, il y a des patrouilleurs qui passent, parfois, pour voir si tout est en ordre.

Après un deuxième bâillement en quatre secondes, Oriane décide d'aller faire la ronde quotidienne. Marcher devrait la réveiller un peu. Là, elle a de la difficulté à penser clairement.

Elle sort de la guérite, frissonne de froid puis revient pour prendre son manteau. L'entrepôt est à dix pas, mais elle sait que c'est assez froid à l'intérieur aussi, car ils ne chauffent pas le week-end, ou très peu.

Elle entre, constate que l'intérieur « version nuit » est très sombre et lugubre. Il y a quelques lumières de sécurité ici et là, mais c'est à peu près tout. Un peu plus, et Oriane aurait presque envie d'amener une lampe de poche. À sa droite, des camions, qui sont stationnés dans le « loading dock ». À gauche, les toilettes, la cabine du vérificateur (qui n'est pas là la nuit, tout comme le reste du personnel) et un corridor qui se prolonge vers la gauche.

Les poils d'Oriane se hérissent.

Le concierge Roland est là, au bout du couloir.

Il ne devrait pas être là en pleine nuit!

Il est pâle comme la mort, le regard distant, inexpressif. Tout son être semble vide de vie.

— Rol… Roland ? Qu'est-ce que tu fais là ? Et qu…

Elle s'interrompt elle-même ; ou plutôt, la peur l'interrompt.

Ce n'est pas Roland qui est là.

Elle n'est même pas sûre si c'est un être humain. Il est d'une pâleur déstabilisante. Immobile telle une… image sinistre. Mais pourtant, ses yeux la suivent.

Elle sort de l'entrepôt à la hâte, va dans la guérite, puis prend les clés de la grille.

Roland est maintenant à l'entrée de l'édifice, comme s'il se serait téléporté !

En panique, Oriane galope vers la grille, débarre le cadenas puis s'enfuit à toute vitesse.

Chapitre 11

Voilà une bonne heure qu'elle s'est réfugiée dans un café 24 h. Elle a dû courir 10 km jusqu'ici.

Trois fois elle a composé le 911 sans appeler. Qu'est-ce qu'elle pouvait bien dire à la police ? Qu'elle a vu le concierge de l'édifice d'Ekinz dans l'édifice d'Ekinz ? Qu'elle a vu son double version fantôme ? En plus, plus elle tarde à appeler, plus elle s'apparente surtout à une agente de sécurité qui a déserté son poste pendant longtemps.

Avec sa tumeur à son cerveau, mêlée à sa fatigue, ça pourrait très bien être une forme… d'hallucination, non ?

Elle ne sait pas.

Elle ne sait plus.

En sirotant son café, elle élabore un « plan » pour ne pas se faire congédier. Elle va revenir au travail vers 8 h 30 du matin, en priant pour qu'un patrouilleur ne passe pas entre temps en remarquant son absence. Au moins, il fera jour, et ses yeux ne pourront plus lui jouer autant de tours ; il n'y aura que la fatigue pour les tromper, et plus la noirceur. Mathieu arrivera vers 9 h moins quart, prêt à commencer le boulot.

Elle ne peut qu'espérer que ce… que cette chose… ne soit plus là.

Elle n'a jamais été là, Oriane.

Tu as rêvé. Tu as imaginé ça.

Avec tout le stress qu'elle vit, la fatigue, la nuit qui joue sur son imagination…

Voilà. Un peu de gros bon sens !

Elle est tellement songeuse et encore sur les nerfs qu'elle a négligé d'observer son entourage. Il y a étonnamment beaucoup de monde. Deux sans-abris, qui se sont sûrement réfugiés dans ce café pour avoir un peu de chaleur, discutent ; l'une d'une voix un peu trop forte, ce qui dérange les trois étudiants d'origine asiatique qu'il y a à côté. Un homme dans la fin trentaine, l'air naturellement sympathique, avec un mohawk comme coiffure, qui écrit dans un cahier, l'air passionné. Il est vêtu d'un hoodie arborant le logo du groupe de musique *Deftones*. Peut-être un écrivain, qui sait. Le caissier est un jeune de 18 ans environ, très mince, lunettes ovales et chemise noire.

Oriane se sent comme une étrangère, étant donné qu'elle devrait être à son travail et pas ici. Elle se sent mal. Elle est payée pour surveiller le bâtiment d'Ekinz, après tout.

Le bruit de la porte du café qui s'ouvre résonne. C'est trois personnes qui entrent. Deux hommes et une femme, tous dans la jeune vingtaine. Leur look est particulier : un étrange mélange entre délinquant et gothique. L'un des hommes, vêtu d'un long manteau de cuir, est vraiment très grand ; peut-être 6 pieds 6. Mais c'est la fille qui attire le plus l'attention d'Oriane.

C'est Mala-ika. La folle qui lui a sauté dessus et tabassée sans raison.

Merde! Mais qu'est-ce qu'elle fout là, celle-là ?

Oriane baisse la tête, espérant qu'elle ne remarque pas sa présence. Peut-être que la lumière tamisée viendra à son secours pour se faire discrète. Au moins, le café est grand.

Mala-ika commande trois boissons chaudes, puis se plaint presque immédiatement que c'est long. Elle est vêtue d'une manière similaire à l'autre fois, en plus propre. Elle a de nombreuses longues chaînes au cou qu'elle porte à l'envers ; les pendentifs aux extrémités peuvent se faire apercevoir dans son dos. Difficile de voir avec ce faible éclairage, mais on dirait qu'ils représentent des démons, des taureaux et des croix inversées.

Le curieux trio finit par sortir du café après avoir reçu leur commande, au grand soulagement d'Oriane, qui remercie sa bonne étoile.

Devrait-elle appeler la police ? Pour leur signaler que la fille qui l'a agressée vient juste d'apparaître devant elle ?

Le problème, c'est qu'elle devra leur expliquer pourquoi elle est ici, à plusieurs kilomètres de son travail. La dernière fois, en plus, ils ne l'ont même pas retrouvée, malgré son apparence bien distincte.

Non. Pas de police.

C'est peut-être une erreur. Elle n'a pas les idées claires en ce moment, et la nuit est encore jeune. Elle va se commander un autre café. La bonne nouvelle, c'est qu'elle a son cellulaire dans sa poche de pantalon, et un chargeur dans celle de son manteau. Ça l'aidera à passer le temps.

*

La nuit a été très longue. La plus longue qu'elle n'a jamais vécu. La fatigue était écrasante. Elle a pensé souvent à revenir carrément dans son appartement. Même si le métro était fermé, ce n'est pas les autobus de nuit qui manquaient. Mais elle s'est contentée de végéter sur son cellulaire, de marcher dehors.

Pour revenir (comme il est maintenant 8 h du matin), le métro est disponible, mais elle préfère y aller à pied pour demeurer éveillée.

Tandis qu'elle marche, l'angoisse face à l'idée de retrouver ce « faux Roland » reprend le dessus sur elle. Même si la logique lui dit que c'est ridicule. Et même si le fait qu'on soit le jour lui procure un vague soulagement, comme si elle était de retour dans le « monde réel ».

Le voilà. L'entrepôt Ekinz. La grille qui est demeurée ouverte. Elle ne peut que prier que des voleurs ne se soient pas aventurés ici. Mais le quartier est souvent désert, ou presque. Pas de bar, pas de café, pas de restaurants. Surtout des bâtiments appartenant à des entreprises et bureaux.

Elle avale sa salive de travers en regardant l'entrée de l'édifice, qui cette fois, n'abrite pas le Roland au teint blême comme un esprit. Les muscles de son corps se détendent quelque peu. Elle entre dans la guérite. S'assoie, sans quitter le bâtiment d'Ekinz de ses yeux épuisés.

Il n'est pas là.

Ne t'inquiète pas.

8 h 28.

Il n'est pas là.

Il n'a même jamais été là.

— Ouf… Ok. Ça va.

Elle s'observe dans le vieux miroir de la guérite. Ses yeux sont aussi rouges que ceux qu'avait Kurt Cobain dans ses concerts de musique. Elle rêve de son lit.

8 h 45, Mathieu arrive en voiture. Oriane, contente que ce soit enfin terminé, va lui ouvrir la grille.

— Bonjour ma belle Ori ! Comment ça va ?

Complice du regard, il est d'une humeur enjouée. Le contraste avec le Mathieu d'autrefois est saisissant.

— Hey, bonjour ! Alors c'est ça… il n'y a rien de spécial. Devrait être un samedi tranquille… dit Oriane d'un ton qu'elle espère naturel.

— Super ! Merci d'avoir tenu le fort.

— T'es donc bien de bonne humeur, ces temps-ci, toi ?

— Oui, en effet ! Dis-moi, ça te tenterait pas mardi de venir souper à la maison ? Ça serait super plaisant !

— Quoi ? Souper chez vous ?

— Oui ! On travaille ensemble depuis quand même longtemps. Ça serait bien, non ?

Son sourire et sa bonne humeur sont presque contagieux, mais la fatigue et la confusion prennent le dessus sur Oriane.

— Je ne sais pas trop, franchement…

— Judith serait là aussi ! Vous êtes amies, non ?

Judith… Pas sûre que celle-ci a envie de la voir.

— Oui, c'est vrai.

— Je te ferai une bonne lasagne ! C'est pas ton plat préféré, que tu m'as dit une fois ?

— Oui, c'est vrai, répète Oriane.

Elle hésite. Elle avoue que ce nouveau Mathieu a l'air sympathique et honnêtement animé par l'idée d'une soirée à trois. Ça ne lui ferait pas mal, un break de son appart où tout est bizarre, ces temps-ci. Elle pourrait prendre le temps de s'excuser à Judith. Elle aurait dû la soutenir plus que ça, la dernière fois où… L'une de ces *choses bizarres*, justement, est arrivée avec Simon.

— Bon, ok ! fait Oriane. Je serai là !

— Tu connais déjà l'adresse. Viens vers 18 h !

— C'est bon ! Là, je vais aller faire dodo, je suis crevée.

— Haha je te comprends que trop bien ! Bonne nuit ma chère !

Oriane quitte l'entrepôt en bâillant pour une énième fois.

« Un lit… Mon royaume pour un lit ! »

Chapitre 12

Avant de laisser son corps et esprit éreintés tomber dans le sommeil délicieux de son lit, Oriane a eu une dernière chose à faire. Elle a appelé un collègue qui travaille la semaine pour qu'il la remplace la deuxième nuit. Il lui doit un gros service, et il s'en souvient, car il répond oui rapidement.

*

Il est presque 10 heures du soir quand elle se réveille. Un sommeil nullement réparateur ; il n'y a pas grand-chose de plus frustrant, dans la vie. Dormir pour se réveiller fatigué…

Même son mal de tête refait surface, bien que discrètement. Elle a cette impression amère que ses médicaments ne seront pas de taille bien longtemps, encore.

Au moins, le congé de dernière minute fait du bien. Il faudra vraiment qu'elle réfléchisse cette semaine si elle ne veut pas l'allonger pour problème de santé. Ce n'est pas les agents de sécurité qui manquent, dans sa compagnie, et le travail est assez simple. Former un gardien temporaire ne serait que tout aussi simple.

En s'habillant dans sa chambre (qui est très chaude encore, pour une mystérieuse raison), elle songe à ce qu'elle pourrait faire cette nuit et décide de s'aventurer dans l'appart. Elle entend une musique qui lui dit vaguement quelque chose. C'est son frère qui joue de la guitare acoustique. Assez bien, d'ailleurs.

— Hey bonsoir ! C'est la musique de *Tristram*, non ? Du jeu vidéo *Diablo*, demande Oriane.

— Bonsoir. Oui, c'est bien ça, répond son frère, sans perdre sa concentration sur son instrument.

C'est une mélodie très sombre et mélancolique. *Diablo* est un vieux jeu portant sur l'invasion de démons sur le monde. Oriane y a joué un peu lorsqu'elle était plus jeune. Elle ne s'y connaît pas trop en guitare, mais elle voit bien que la musique a l'air difficile à jouer, que son frère joue rapidement.

À défaut d'un bonsoir, Simon lui fait un signe de tête, celle-ci toujours dans ses dessins. Il a l'air de bonne humeur en entendant Barthélemy jouer.

Le cellulaire d'Oriane vibre et elle constate un texto. C'est Martin, qui répond enfin à son « *Où es-tu disparu, encore ?* ». Il lui explique qu'il ne se sent pas très bien dernièrement, qu'il a besoin de prendre du temps seul pour lui et qu'il va loger chez ses parents un mois. Il précise aussi que le loyer est payé un mois d'avance et qu'il ne faut pas s'inquiéter là-dessus.

Hé bien...

Oriane observe son frère jouer. Il a une expression faciale qui s'harmonise presque avec sa musique : amère, morose, mais étrangement déterminée.

Elle se rappelle le croisement de regard entre lui et Martin lorsqu'ils se sont brièvement vus. Elle ne peut pas ignorer cette bizarre de concordance entre ça et le fait que Martin ne revient pas.

Comme Barthélemy a terminé son air, elle se décide à lui demander :

— Mon coloc, Martin, celui qui est passé l'autre jour, tu ne le connaissais pas avant, toi ?

— Non.

Ton tellement neutre qu'on aurait dit entendre RoboCop.

— Ah, ok. Non, je dis ça parce qu'il t'a regardé d'un drôle d'air et il est reparti vraiment vite.

C'est peut-être un peu sec et direct, mais elle ne va tout de même pas se gêner dans son propre appart, quand même, non ?

Difficile de déchiffrer ce qui s'affiche sur le visage de son frère : on dirait qu'il comprend pourquoi, mais qu'il est embarrassé, ou contraint et qu'il ne peut pas le dire.

— Pourtant, tu n'es pas une personne intimidante ou qui aime faire peur aux gens, il me semble, non ? lance ensuite Oriane avec une coche d'humour, pour détendre l'atmosphère.

Barthélemy lui répond d'une espèce de sourire artificiel, puis continue de gratter sa guitare.

Oriane s'ennuie de Martin. C'est le genre de personne « logique » qui prône le gros bon sens, et surtout, il est jaseux. Elle qui se lassait parfois de ses conversations banales sur la température ou la nourriture, elle s'ennuie bien maintenant des bienfaits de celles-ci. À présent, personne ne parle. Seulement elle.

Elle pensait écouter un film dans le Salon, même si Simon le monopolise presque, puis se dit qu'elle va marcher dehors et prendre l'air frais. Avec la chaleur insensée qu'il y a dans sa chambre, ça va lui faire du bien. Elle pourrait peut-être contacter un électricien pour vérifier le chauffage, mais elle n'a pas tant d'argent. Et son futur comme agente de sécurité est assez incertain avec sa condition de santé.

En prend son manteau, attend un moment (la peur lui creuse un peu le ventre à cause de l'attaque de l'autre fois), puis quitte l'appart.

Ça paraît que c'est un samedi soir, dehors. Ce n'est pas le centre-ville, mais il y a quand même beaucoup de gens qui boivent, qui fument, qui fêtent. Ça fait drôle, cette ambiance, alors qu'elle-même vient de se réveiller et qu'elle a envie d'un déjeuner.

Des flashs brutaux de son agression l'assaillent, mais elle s'efforce de maintenir le calme dans sa tête. Ce n'est pas vrai qu'elle va avoir peur de se déplacer dans son propre quartier.

Un café Tim ? Pourquoi pas. Elle est presque sûre qu'il est ouvert 24 heures sur 24.

Elle sourit en constatant qu'une petite neige, étincelante due aux lampadaires, commence à tomber doucement. Contrairement à beaucoup, l'hiver a toujours été pour Oriane une période réconfortante, apaisante. Elle ne saurait expliquer pourquoi, mais même lorsqu'il fait -30, elle se sent bien. Les bourrasques de neige ne la font pas grimacer, mais rire. Elle a l'impression de redevenir une gamine. Une bataille de boules de neige est l'un de ses petits plaisirs simples de la vie.

Elle arrive près du bar de danseuses. L'une d'elles, une grande blonde dans la trentaine, est dehors, en train de fumer. Vêtue d'un court manteau qui recouvre bien peu ses habits légers qui se veulent affriolants pour les clients potentiels, elle fait la moue et tremblote en remarquant elle aussi les flocons. Deux clients sont à côté d'elle, et l'un d'eux regarde Oriane de ses yeux vitreux un peu trop insistants à son goût, comme s'il se demandait si elle ne voudrait pas être une danseuse également le temps d'une petite demi-heure.

La voilà enfin à son bon vieux Tim Hortons. Quelques clients à l'intérieur, dont deux gars vêtus d'un dossard orange, travaillant pour la ville, et un homme dans le début trentaine au long manteau brun qui attend sa commande. Il sourit chaleureusement à Oriane, révélant ses dents d'une blancheur presque surréelle. C'est un bel homme, le genre gentil ténébreux, et son regard intéressé suggère à Oriane qu'il ne dirait pas non à une *date*. Mais elle n'est pas dans le *mood* pour ça. Son fiancé vient de casser avec elle, après tout. Quelle rupture bizarre, aussi abrupte qu'ébranlante. Est-ce que Jordan a… vraiment « réalisé » qu'il ne l'aimait pas après sa déclaration de mariage, comme si l'aspect concret de la chose lui avait ouvert les yeux ? Ça n'a pas de sens. Ce n'est pas lui. Mais il a tellement été froid lorsqu'elle a voulu des éclaircissements qu'elle n'ose pas le recontacter. En tout cas, pas tout de suite. Trois ans de couple solide. Trois ans qu'ils sont souvent ensemble, qu'ils font des projets déjà sérieux ensemble, et en quelques secondes, il détruit tout ça. Avec une excuse des plus douteuses.

— Ho hé, vous allez prendre quoi, madame ? demande la caissière, un peu lasse de répéter.

— Ah, désolée ! Un grand latté, s'il vous plaît. Merci…

Abattue par son état de santé, Oriane s'efforce de sourire à la dame.

Son précieux café en main, elle quitte le Tim et retourne sur ses pas vers son domicile. En chemin, elle croit entrevoir une personne qu'elle connaît, au loin, monter dans une voiture. On dirait… Jordan ? L'autre avec lui, la démarche impatiente, qui insiste pour que son interlocuteur entre, a vraiment l'air d'un des gars aperçus avec Mala-ika l'autre nuit.

Oui, c'est Jordan, ou alors son double parfait! Il s'obstine avec l'autre homme. Qu'est-ce qu'il fait avec ce genre d'individu ?

Les deux hommes entrent dans le véhicule qui s'évanouit dans la noirceur de la nuit.

Oriane échappe presque son café en prenant son cellulaire. Elle veut le texter. Comprendre. Mais l'incertitude finit par la gagner. Jordan est assez grand pour se tenir avec qui il désire. Même si l'autre individu a l'air d'un dealer de drogues et qu'elle sait que Jordan méprise ouvertement tout ce qui est stupéfiant. Il ne parle même plus à son frère depuis presque 10 ans à cause de ça.

La coïncidence est trop frappante, trop invraisemblable ; Oriane a vu Barthélemy discuter avec un gars qui donne l'impression d'être dans la même bande.

Mais qu'est-ce qui se passe donc dans son quartier ?

C'est qui ces gars-là qui se trouvent toujours sur son chemin, ces derniers temps ?

À l'extérieur devant son appart, elle voit Barthélemy, joint dans la bouche, qui parle au cellulaire. Celui-ci à la fonction haut-parleurs activée, et fait retentir une voix puissante, intimidante : « *C'est la dernière fois, oui, mais il faudra y aller fort, Barthélemy. Très, très fort.* »

Pris par surprise en voyant sa sœur, Barthélemy ferme son cellulaire.

— Il est un peu brisé et je peux juste entendre avec le haut-parleur, se contente-t-il de dire.

— Je ne savais pas que tu fu… enfin, marmonne Oriane.

Elle ne veut vraiment pas avoir l'air de la fille qui juge. C'est probablement la dernière chose à faire avec quelqu'un qui se drogue, non ? Quoique si c'est juste du pot, qui est devenu légal, ce n'est sans doute pas… si grave? Oriane n'est vraiment pas en terrain connu. Mais elle est tout de même un peu satisfaite : la drogue pourrait expliquer pas mal de choses sur le comportement bizarre de son frère. Le fait qu'il n'a plus d'argent pour se loger. Qu'il n'a qu'à peine une guitare comme bien. Qu'il lance des « si tu ne m'aides pas, je vais mourir » comme ça. C'est possible qu'il ne consomme pas que du pot.

Enfin, un peu de logique! Un peu de cohérence, d'explications.

— Allez, je rentre, fait Oriane en souriant.

Barthélemy n'a pas l'air contrarié du fait qu'elle l'a surpris en train de fumer, mais plutôt d'avoir entendu la conversation téléphonique. Elle ne comprend pas trop pourquoi. C'était assez quelconque. *Y aller fort ? Dernière fois ?* Peut-être son boss, qui a une job temporaire et physique, une sorte de dernier contrat pour lui, ou autre. Ça peut être pas mal de choses.

— Je suis de retour, monsieur le dessinateur… fait Oriane en retirant son manteau.

Simon ne répond pas. Oriane s'approche et se penche pour voir ce qu'il crée comme œuvre. Encore un taureau. Avec des flammes autour, cette fois. Peut-être un de ces monstres démoniaques qu'il affronte dans son jeu.

— Ah oui ? Content de te revoir, Oriane ! se répond-elle à elle-même avec ironie.

Elle s'assoit sur le divan à côté, se perdant dans ses pensées et dans son cellulaire. Elle fait défiler les articles Facebook, constate avec un sourire un peu blasé que la vie de ses amis semble si normale en comparaison avec la sienne.

Quand son frère entre et s'assoit à côté d'elle, elle se décide à lui demander.

— Tu fumes depuis longtemps ?

— Plusieurs années.

— La cigarette aussi, ou ?

— Non ! La cigarette n'a pas d'effet. Donc, aucun intérêt.

Aucun effet. Il consomme donc pour se sentir différent. Se sentir mieux, sûrement.

— Prends-tu d'autres trucs plus forts ? Je juge pas, juste curieuse...

— Ouais, pas mal.

Il arbore un air contrit, ou en tout cas, elle pense, mais c'est surtout de la déception qui est affichée, finalement.

Barthélemy sourit, comme un bon perdant le ferait, puis dit :

— Papa disait toujours qu'il faut affronter ses problèmes. Qu'il ne faut pas tomber dans le déni. Que la drogue est une façon lâche de les contourner. Il avait peut-être raison. Mais parfois, les problèmes sont vraiment grands. Vraiment vieux.

Oriane sourcille. Il parle de leur père au passé, comme si leur dernière discussion remontait à des lustres. Est-ce que ça fait si longtemps que ça qu'il a vu les parents? C'est triste.

Et "vieux". Drôle de choix de terme. Elle se souvient ensuite de ce que son frère a dit :

« *Plus c'est vieux, plus c'est dangereux.* »

— Tu en prends souvent ?

— Non. Ça arrive parfois que ça… amplifie le problème. Donc…

Il hausse les épaules, comme résigné à son sort.

Oriane se sent désolée pour lui. Elle n'aime pas le voir dans cet état, même s'ils ont perdu contact de nombreuses années. C'est quand même la famille.

— C'est quoi tes problèmes, au juste ?

Barthélemy ne répond que par un vague étirement des lèvres vers le haut. Silence un peu étrange, puis il finit par dire :

— Si seulement je pouvais perdre la mémoire, oublier.

Il se lève puis va se verser un verre d'eau.

Oriane est triste de le voir rembruni de la sorte. Lui qui était si animé, si plaisantin autrefois. C'est vraiment le jour et la nuit. Elle ne sait pas si c'est une bêtise, mais tant pis, elle se lance :

— Tu sais, Martin ne reviendra pas avant un bon mois. Tu peux toujours prendre sa chambre, si tu veux. Dormir sur le sofa, ça ne doit pas être très confortable.

— Ah ? Ah, oui, merci.

Oriane rigole intérieurement. Est-ce que son frère dort, seulement ? Elle ne l'a pas vu une seule fois s'assoupir. Peut-être prend-il du *speed* ? C'est ce que le frère de Jordan consommait, dans le temps. Il paraît qu'on peut passer plusieurs jours sans vraiment dormir. C'est peut-être ça.

C'est drôle de converser tout près de Simon qui ne réagit presque pas. Drôle, ou malaisant.

— Bon ! Je vais aller écouter des séries dans ma chambre sur mon cell, moi ! À plus ! fait Oriane.

Elle donne une petite tape chaleureuse à son frère puis quitte le Salon.

*

Le dimanche se déroule assez rapidement. Le principal défi a été de revenir de jour. Malgré tous ses soucis, une bonne humeur est revenue chez Oriane, qui commence un peu à comprendre ce qui se passe chez son frère. Elle a encore ses problèmes de santé, et espère bien que le médecin aura des nouvelles plus rassurantes à cet égard. L'idée de voir ses parents lundi l'enchante. Elle a toujours été proche d'eux. Elle est d'ailleurs restée habiter chez eux jusqu'à presque 24 ans. Parfois, son portefeuille regrette qu'elle soit partie de là. La vie coûte cher, beaucoup plus qu'elle ne l'imaginait naïvement.

Devrait-elle parler de son problème au cerveau à ses parents ? Et si elle les inquiétait pour rien ? Car enfin, le docteur Thomas ne semble pas encore trop comprendre ce que c'est, hormis qu'en situation normale, Oriane serait morte depuis longtemps. C'est donc forcément "pas si grave", si elle est au contraire en vie, non ?

C'est peut-être une sorte de tumeur extrêmement rare qui n'est pas si dramatique si on prend la bonne médication. Après tout, il y a une semaine ou deux encore, elle travaillait, était étudiante à l'université… Ça n'aurait pas été chose possible avec un vrai cancer du cerveau. C'est autre chose. Et comme elle respire toujours, c'est inéluctablement moins grave. Elle n'est pas médecin, mais tout être humain peut user de logique.

Il faut qu'elle se reprenne en main. Qu'elle reprenne *sa vie* en main.

Chapitre 13

Lundi.

Le rendez-vous avec le médecin est riche en déceptions, mais aussi en belles surprises. La mauvaise nouvelle, c'est que le médecin ne comprend toujours pas ce qui se passe dans le cerveau d'Oriane. Et ce, malgré le fait qu'il ait consulté de nombreux collègues spécialistes, même une sommité dans le domaine. La bonne nouvelle, c'est que celui-ci, un homme au nom imprononçable, s'intéresse énormément à son cas et s'y penche désormais à temps plein. L'autre bonne nouvelle, c'est que selon les radiologies et autres tests, son problème se stabilise, même que sa tumeur régresse quelque peu.

Le docteur Thomas s'est cette fois permis d'être plus optimisme sur son état, même s'il reste un peu dans le brouillard pour l'expliquer. Oriane lui a dit que son mal de tête est un peu revenu, mais qu'en général, il demeure beaucoup moins pire que ces dernières semaines. Elle lui a parlé de son hallucination au travail et de la panique qu'elle a eue. Le docteur lui a dit qu'avec la fatigue, l'emploi de nuit, les médicaments qui traitent son cerveau, c'est un symptôme possible qu'il faudra maîtriser en modifiant les doses. Il a fortement insisté pour qu'elle prenne congé, lui a même fait un papier officiel.

C'est donc avec entrain qu'Oriane se dirige vers la demeure de ses parents, dans le quartier Saint-Michel. À chaque fois, la grande maison de trois étages fait ressurgir de beaux souvenirs. Autant son père que sa mère ont très bien réussi dans la vie, ce qui est l'une des raisons pourquoi ils ont été capables de prendre une retraite confortable en début cinquantaine malgré l'inflation. Leur succès professionnel a toujours inspiré Oriane pour ses études. Malheureusement, ça n'a pas été le cas pour Barthélemy, qui a perdu bien vite l'intérêt scolaire en abandonnait après deux sessions de cégep en Sciences humaines.

Même le son distinct de la sonnette qui résonne rend Oriane un brin nostalgique de son enfance où ses parents étaient constamment à proximité pour l'aider, la guider, l'encadrer. Mais il faut bien devenir adulte, tôt ou tard.

— Bonjour ma grande ! s'exclame sa mère en lui ouvrant la porte.

— Bonjour, maman !

Sa mère, Lucie, est égale à elle-même : pétillante, toujours de bonne humeur, et toujours la plus heureuse des femmes quand elle voit ses enfants.

Son père, Dominic, demeure en haut de l'escalier, le sourire plus discret, mais non moins sincère que celui de sa femme. Il a toujours été plus introverti et calme, et pourvu d'une maîtrise de soi parfaite.

— Hé ! De la grande visite ! dit-il.

Les deux sont déjà vêtus de leur manteau, aussi Oriane comprend qu'ils veulent partir tout de suite pour le Nickels. Tant mieux, car elle n'a pas déjeuné.

Ils entrent dans la Tesla blanche de luxe électrique puis se mettent en route vers le restaurant.

Tandis que son père demeure silencieux, comme à son habitude lorsqu'il conduit, sa mère lui demande des nouvelles.

— C'est pas ça qu'il manque, les nouvelles ! Le frère est rendu à habiter chez moi.

Sa mère arrondit la bouche, étonnée. Même son père est un peu surpris.

— Ah oui ? Comment ça ? Vous avez décidé de devenir colocataires ? interroge sa mère.

— Non, pas exactement. Il avait un peu de la misère, financièrement. Moralement aussi, je pense. Alors il m'a demandé de l'aide.

Son père sourcille, se permet quelques mots malgré le fait qu'il soit concentré sur le volant :

— C'est niaiseux. Il aurait pu venir à maison !

— C'est vrai que c'est plus grand, c'est sûr ! Je ne sais pas, il était peut-être gêné de demander.

— Mais voyons donc ! lâche sa mère en faisant un geste de la main. Qu'est-ce qu'il a comme soucis, le sais-tu ?

La bonne humeur de sa mère s'est envolée aussi vite qu'un aigle ayant aperçu une proie facile.

— Le sais-tu ? redemande-t-elle.

— Il est resté pas mal évasif… Mais il va bien, pas de stress !

Son expression ne doit pas être bien convaincante, car sa mère demeure inquiète.

— Il a toujours été bien secret, ton frère, murmure-t-elle. Bon… N'hésite pas si jamais tu as besoin d'aide. Tu as besoin de sous ?

— Non, non, maman !

— Tu es sûre ?

— Notre fille sait se débrouiller, chérie… fait son père, un brin moralisateur.

Sa mère hausse les épaules, puis regarde l'extérieur par la vitre de la voiture.

— Et sinon, comment ça va les études ? demande sa mère, changeant de sujet avec le plus grand manque de naturel au monde.

— Ça va très bien, ment sa fille.

— Les études c'est important, dit son père d'un ton mécanique.

— En tout cas, on est contents de te voir. Ça faisait longtemps qu'on n'a pas été au Nickels dîner. C'était un peu notre tradition, autrefois !

— Oui c'est vrai. On y allait même avec Barthélemy, pendant un temps.

— On ne le voit plus beaucoup, lui, par exemple. Dommage.

Le visage de sa mère se crispe de déception et de tristesse.

— Il a changé pas mal, répond Oriane, ne sachant pas trop quoi répliquer.

— Oui, les gens changent, parfois !...

*

Le dîner se passe bien. Ça fait honnêtement beaucoup de bien à Oriane de revoir ses parents. Enfin une situation normale, une conversation normale. Barthélemy était comme ça, autrefois, *normal*. Est-ce que la drogue change tant les gens ? Elle n'y connaît tellement rien. Elle demanderait bien des infos à Simon, qui a eu une certaine « phase drogues » dans le passé, s'il ne s'était pas transformé en un Pablo Picasso avare de paroles.

Le seul moment où c'est devenu un peu tendu, c'est lorsqu'Oriane a révélé à ses parents ce qu'ils auraient dit sur Barthélemy, qu'il serait un « bon à rien ». Voilà longtemps qu'elle n'avait pas vu son père tant en colère, et sa mère aussi désarçonnée. Ils ont bien dû répéter qu'ils n'ont « jamais dit ça » une trentaine de fois. C'est bien ce qu'Oriane pensait : c'est tout sauf leur genre. Elle a été obligée de calmer l'atmosphère en usant de ruse, qu'elle a sûrement mal compris, que son frère a dû trop marmonner, que c'est un malentendu.

Mais la réalité est que c'était un mensonge. Un mensonge proféré par son frère. Ça fait déjà plusieurs bobards qu'il lui dit, et, drogues ou non, Oriane n'apprécie pas du tout quand on n'est pas honnête avec elle. En plus, c'est plutôt insultant pour leurs parents.

Il est vrai qu'elle n'a pas été très honnête elle-même concernant ses études, mais c'était pour les épargner, et puis, elle va rebondir très vite sur ses pattes et reprendre les choses là où les a laissées.

Ses parents lui ont dit qu'ils vont prendre les choses en main et qu'ils vont régler ça avec Barthélemy. Oriane ne s'attendait pas à ce qu'ils soient si catégoriques et résolus, mais elle trouve ça rassurant de ne plus être la seule à gérer cette histoire.

Elle espère juste que son frère ne verra pas ça comme une trahison quelconque.

*

Surprise vraiment étonnante à son retour à l'appart : sa chambre est peinte en bleu. Son frère apparaît derrière elle, et elle sursaute lorsqu'il ouvre la bouche.

— J'espère que ça ne te dérange pas. Je voulais te faire une surprise, dit-il.

— Woa ! C'est bien mieux en bleu qu'en blanc. Tu as été vraiment vite, coudonc !

Barthélemy va s'asseoir sur le divan et gratte sa guitare. Simon est en train de dormir dans sa chambre ; ses ronflements ne mentent pas.

Bon, l'odeur de peinture est très présente et l'initiative était peut-être un peu audacieuse, mais Oriane apprécie l'attention.

Elle se décide à envoyer un courriel à son patron pour prendre un congé maladie, avec, en pièce jointe, le document du médecin. Le boss est peut-être grognon et égoïste à l'occasion, mais le message du docteur est formel et inattaquable. S'il le faut, elle demandera l'aide du syndicat, mais elle doute fort qu'elle doive en arriver là.

Une soirée animés japonais relaxe est ce qu'elle se réserve pour le reste de la journée.

*

Mardi soir. C'est le moment de répondre à cette bien étrange invitation de Mathieu et d'aller souper chez lui. Elle appréhende bien les retrouvailles avec Judith, avec ce qui est arrivé la dernière fois… Peut-être qu'avec un peu de vin, un peu de chance et un peu de nostalgie des bons souvenirs, les choses se passeront bien…

En se dirigeant vers le métro, elle découvre une scène assez singulière : deux policiers sont en train de menotter un jeune homme. Encore l'un de ces types, aux habits mi-gothique, mi-truand. Oriane est tellement curieuse qu'elle demande des infos à deux autres policiers qui se tiennent un peu plus loin, près d'une deuxième voiture.

— C'est tu un genre de gang de rue ? J'en vois pas mal, des habillés comme ça, dernièrement !

La policière a un air sympathique et répond que oui, rajoute :

— Ils se font nommer « H Colom ». Mais inquiétez-vous pas, on va leur faire comprendre que ce n'est pas eux qui vont gérer le quartier !

H Colom. Comme le graffiti aperçu l'autre fois. Ceci explique cela.

Oriane ne sait pas trop quoi répondre, se contente de lancer un « bonne soirée » un peu mécanique et s'éloigne vers le métro.

Tant mieux si la police s'impose dans le coin. Ils vont peut-être attraper l'autre cinglée qui attaque les gens au hasard.

Ah oui, elle aperçoit justement le fameux tag « H Colom » dans la station. Elle se demande bien ce que ça signifie. En panne d'imagination, elle ne peut penser qu'au mot « cologne ». Colom, Cologne… Ouais, pas fort.

Le train cesse sa marche et le micro annonce une interruption des services et qu'ils espèrent résoudre cela très bientôt. Oriane roule des yeux. Elle croise les doigts pour ne pas arriver en retard.

Assis près d'elle : un homme dans la trentaine, aux cheveux longs noirs, très grand et imposant, en bon surpoids partout, sauf au niveau du visage, ce qui le rend assez particulier. Plus loin : deux grands maigres de peut-être 18 ans, qui parlent presque exactement comme Beavis et Butt-Head.

Elle quitte le métro et arrive dans ce quartier qu'elle connaît peu. La bonne chose, c'est que le domicile de Mathieu et Judith est tout près de la station. La demeure n'est pas si grande, mais c'est tout de même impressionnant d'avoir sa propre maison dans la fin vingtaine avec un salaire pas si élevé. Mathieu doit être bien organisé avec ses finances.

Dès que son collègue de travail ouvre, Oriane est bouleversée en regardant Judith. Ou plutôt, son visage. Il est couvert de bleus. Comme si elle aurait perdu un furieux combat de boxe.

— Hey ! Judith, qu'est-ce qui t'est arrivée ?

— Salut !... De quoi ?

— Comment, de quoi ? À ta face, évidemment !

— Ah, ça, c'est rien. Je suis tombée dans les escaliers…

Elle dit ça tellement sur un ton naturel qu'Oriane ne sait pas comment réagir. Mathieu la salue et l'invite à rentrer. À les voir côte à côte de cette manière, Oriane s'interroge si son conjoint ne serait pas responsable de son état, mais leur démarche, très calme, machinale, ne suggère pas cette idée. Mathieu n'a jamais donné l'impression d'être violent, enfin, du peu de ce qu'Oriane sait de lui à force de le voir au travail lors des changements de quarts.

Les deux réagissent comme si ce n'était qu'un simple bouton d'acné. Ils étudient la réaction de leur visiteur, se demandant presque si Oriane feint l'exagération pour faire une blague. Un peu lasse d'être regardée comme une extraterrestre, Oriane finit par abdiquer et entrer dans leur maison.

— Le souper va être prêt bientôt ! s'exclame joyeusement Mathieu en s'éloignant. Veux-tu un peu de vin ?

— Hein, heu, un, heu... oui ! marmonne Oriane, incapable de délaisser la figure de son amie des yeux.

Ce n'est pas seulement des petites blessures qu'elle a, là !... Son visage est très abîmé.

— Ça ne te fait pas mal ? demande Oriane, en s'assoyant à la table après y avoir été invitée par son amie.

— Ben non, voyons ! Juste un accident niaiseux.

— Bon... Ok.

— Alors, rien de nouveau avec Jordan ?

— Quoi ? Heu, non. Pas grand-chose de nouveau.

— C'est juste un con. Tu vas trouver mieux !

Mathieu revient avec du vin et sert les deux filles.

— Je suis content de te voir, en tout cas ! fait-il. Merci d'avoir accepté l'invitation !

— Merci à toi de m'avoir invitée !

Il est vraiment méconnaissable, l'ex-éternel amer.

L'intérieur de la maison est assez joli. Plus sobre que ce qu'Oriane aurait cru. Beaucoup de photos de couple en voyage ici et là. Une grande cage à oiseau vide au fond de la cuisine. Judith lui a souvent dit que son perroquet est régulièrement malade et donc souvent chez le vétérinaire pour *check up*.

— Sinon, comment ça se passe avec le petit nouveau dans la famille ?

— Comment ça ? demande Judith, grimaçant un peu après une gorgée de vin.

— Ben, votre bébé ! Excuse-moi, avec ma mémoire de poisson j'oublie toujours son nom. Matthias, c'est ça ? C'est grand-maman qui le garde ?

— Hein ? répond Judith.

Mathieu s'assoit et sourcille en écoutant la conversation.

— Quoi, hein ? Allo la terre, tu avais un gros ventre, tu étais enceinte, vous avez eu un enfant récemment, d'ailleurs c'est pour ça qu'on a échangé de quarts moi et Mathieu le week-end!

Une confusion totale s'affiche sur leur visage.

— Il y a quoi dans ce vin-là ? demande Judtih, avec un sourire incertain, désirant camoufler son malaise, mais n'y arrivant pas.

— Je ne te connaissais pas ce drôle d'humour, Oriane ! lance Mathieu.

— Drôle d'humour ?

C'est quoi cette mauvaise blague ?

Oriane allait rajouter quelque chose pour tenter de comprendre cette situation saugrenue, mais Mathieu se lève en annonçant que ses plats sont prêts.

Elle étudie le regard de Judith, qui a l'air de se demander où Oriane veut en venir. C'est quoi tout ça, une espèce de vengeance bizarre pour l'agression de l'autre fois par Simon ? Oriane n'a pas assez supporté Judith, alors celle-ci s'est dit qu'il va y avoir des représailles ? D'où son visage avec un maquillage en forme de blessures pour la troubler ?

Ce sont des hypothèses très farfelues, mais Oriane ne comprend pas ce que ça pourrait être d'autre. Dès qu'elle est entrée ici, le couple a agi de façon curieuse, faisant en sorte que le visage rempli de bleus de Judith ne mérite même pas une parcelle d'inquiétude.

Ça…

Ça doit être ça ?

Mathieu qui passe de déprimé à joyeux et qui l'invite manger chez lui ? Il doit être dans le coup.

— Allez, les lasagnes sont là ! déclare Mathieu en s'approchant, armé de trois assiettes.

— Je… J'suis désolée, mais je ne me sens pas bien. Je vais y aller.

Le couple demeure interdit face à cette annonce.

— Ça va pas, Ori ? demande Judith.

Oriane essaye de déceler une parcelle de moquerie dans ce regard inquiet, mais ne trouve pas.

— Non, pas trop. Je vais aller me reposer chez moi. Désolée, vraiment.

Elle se lève et se dirige à la hâte vers la sortie. Pas question de supporter ces non-sens tout un souper. Elle n'est pas folle : les deux viennent d'avoir un enfant ensemble. Judith lui a même montré deux fois son petit bout'chou (deux fois en vrai, et au moins mille fois en photo). Mais elle ne va pas se rabaisser à lui exhiber son compte Instagram. Merde, ça suffit, ces niaiseries !

— Tu veux que je te donne un lift ? propose Mathieu, l'air déconcerté.

— Non, merci. À plus ! répond-elle d'un ton assez froid.

Elle quitte la place et évolue rapidement vers le métro. Emprunte une ruelle pour l'atteindre plus vite.

Une vision freine sa marche. Une vision d'horreur absolue, indicible. Sur le sol repose un cadavre. C'est le corps de son coloc, Martin.

Chapitre 14

Oriane crie d'une voix étranglée. Tremble de tout son être.

— Ma... Mart...

Non, c'est...

Le corps de son coloc est dévasté, massacré !

Mon dieu...

Piétiné par on ne sait quoi !

On dirait qu'une horde est... passée dessus... pour le ravager.

Son expression, fixe, fait encore refléter une souffrance immense. Le sang, partout... Il y a tellement de sang ! Les organes, les boyaux reposent autour... dans ce spectacle affreux, épouvantable.

Oriane n'arrive plus à supporter cette image horrifiante. Elle se retourne. Son estomac se révulse et elle vomit. Tombe sur un genou.

Sa vision est trouble. Tellement trouble que ça lui donne le tournis et elle régurgite presque encore. Son cellulaire est renversé par terre, elle en est presque sûre. Impossible de le trouver, sur le sol empreint de son vomi.

Le voilà.

En composant le 911, elle regarde autour pour voir si le meurtrier ne serait pas encore là. Le meurtrier ou… La chose qui lui a fait ça. Ce qui lui reste de corps fait penser à un restant de peau déchirée, piétiné par un taureau enragé.

En tremblant convulsivement, elle s'éloigne à quatre pattes de cette scène insoutenable. Elle vient de parler à travers son cellulaire, mais elle n'a pas entendu ce qu'elle a dit. Tous les sons autour sont aussi flous que sa vue, comme inhumés sous la montagne d'émotions intenses. Elle n'entend que ses respirations rapides. Si rapides et forts qu'elle a mal aux poumons.

Le temps passe ou pas, elle ne sait plus. Elle ne comprend plus rien.

Un bruit concret - enfin, autre que ses halètements - se fait entendre. Une sirène de police.

*

La suite des déroulements n'est qu'un paquet d'images brumeuses. L'arrivée de l'ambulance. Des policiers. Ils ont essayé de lui poser des questions, mais Oriane n'est arrivée qu'à discerner des sons incompréhensibles ressemblant à des voix.

Ce n'est que lorsqu'ils l'ont ramenée chez elle qu'Oriane a commencé à retrouver vaguement ses esprits.

Une femme qui, elle pense, était l'inspectrice en chef, l'a interrogé doucement et Oriane a répondu comme elle a pu. Simon et Barthélemy ne sont pas là.

Il ne reste que deux policiers, qui sont demeurés sur place au cas où Oriane pourrait leur en révéler un peu plus. L'un est assez grand, barbu, l'autre est plus petit, jeune et blond, avec un accent français.

Ces deux-là ne participaient pas trop tout à l'heure, mais là ils s'activent à poser des questions, et plutôt froidement, ce qui désarçonne Oriane.

— Faque vous avez vu un mort, mais pas de meurtrier ? demande le barbu d'un ton arrogant. Votre coloc a donc été tué tout seul ?

— Hein ? Je ne sais pas, moi !

— Madame, du calme, ho, intervient l'autre policier à l'accent français. C'est juste que cette histoire d'homme piétiné à mort, c'est particulier. Du coup, on est un peu confus, quoi.

— Mais je ne sais pas ce qui est arrivé !... Je ne sais même pas si c'est quelqu'un qui lui a fait ça, si c'est un accident, ou...

— Un accident ?

Le policier français éclate d'une espèce de rire nerveux, puis affiche une condescendance sans nom, comme s'il n'en revenait pas à quel point son interlocutrice était demeurée.

— T'es sérieuse, madame ? demande l'autre policier barbu.

— Vous parlez toujours aux victimes comme ça ? Aux...

— Aux victimes ? Vous vous prenez pour une victime ? s'exclame le français.

— Non, mais...

— Non, mais quoi ? C'est pas tout qui fonctionne, là-haut, hein ? fait le policier en tapotant ses tempes de son index.

— Ouin. Ça cloche un peu dans caboche ! renchérit l'autre.

— Ok mais quels genres de policiers vous êtes ? Sortez de mon appart !

Les deux hommes sont indignés.

— Elle se prend pour une victime!

— Je pense que c'est plutôt votre colocataire, la victime, non?

— Faites pas votre tite boss des bécosses, madame.

— Non mais, elle se présente comme une victime… Une victime… Faut pas en faire tout un fromage.

— J'ai dit : sortez!

— Ok, si vous ne voulez pas collaborer plus que cela, madame… grommelle le policier à l'accent français, avant de s'éloigner vers la sortie.

— Bonne soirée, ma p'tite madame… rajoute l'autre en imitant son coéquipier.

Les deux hommes agressants quittent la place et Oriane soupire de soulagement. Quels genres de policiers étaient-ce ? Ça, additionné au fait qu'ils n'arrivent pas à retrouver cette dénommée Mala-ika, qui, franchement, est un peu plus facile à dénicher que Charlie, ça commence à faire beaucoup. Beaucoup trop.

La colère d'Oriane est si grande qu'elle prend presque le dessus sur son état de choc.

— C'est vraiment n'importe quoi…

Heureusement que la femme avant ces deux-là avait l'air plus compétente.

Pauvre Martin. Il méritait tout sauf une fin aussi atroce. Qu'est-ce qui… a bien pu lui faire ça ?

Après avoir vécu toutes ces émotions intenses, son corps est épuisé. Sa tête également. Il n'est pas si tard, peut-être 21 h, mais tant pis, elle va aller se coucher.

Toujours une chaleur impossible dans sa chambre, malgré que le chauffage soit à 0. Pas de pyjama cette nuit, c'est clair.

Si seulement tout ça ne pouvait être qu'un cauchemar et se dissiper le lendemain...

*

Qu...

Qu'est-ce que ?...

En se réveillant, elle retrouve ce couloir pierreux, infernal. Elle se redresse.

Tout est pareil que la dernière fois. La fumée qui s'échappe de craques au sol et des murs. L'embouchure au fond, la porte de métal à gauche et le brouillard de quelques mètres sur le chemin de droite.

Et surtout, tout est aussi vrai.

Elle est là. Elle est ici, en train de respirer cette atmosphère suffocante, quasi volcanique, insupportable.

— C'est quoi ça ?! C'est quoi ?! hurle-t-elle, comme pour se réveiller.

Une hallucination ? Un mauvais tour de son cerveau malade ?

Tous ses sens sont en alerte, et concrets. Elle sent cette espèce d'odeur de putréfaction incompréhensible qui provient de partout et nulle part.

— Je veux me réveiller !

Cette situation est tellement folle, irrationnelle. Elle est complètement nue dans ce couloir.

Y a-t-il encore ces… deux êtres, de l'autre côté de la brume ?

« *T'as l'air neuve* »

Cette phrase l'a marquée autant que le personnage. Neuve ? En comparaison avec lui et son acolyte, elle imagine que oui, elle avait l'air « neuve ».

La chair de poule la fait trembler comme une feuille.

Il ne faut pas qu'elle crie à nouveau. Elle vient de le faire deux fois, et ça aurait pu attirer ces deux individus. Qui sait ce qu'ils s'apprêtaient à faire, la dernière fois…

Elle se sent particulièrement vulnérable, dénudée de la sorte. Qu'est-ce qu'elle peut faire… Attendre ? Attendre que ça " passe " ?

Impossible de s'habituer à ça. C'est beaucoup trop réel…

Elle arrive à entendre un bruit insolite, assez lointain. Des pleurs d'enfant, très jeune. Comme des pleurs de bébé. Des pleurs de douleurs, épuisés, désespérés. Ça provient du couloir au-delà de la brume, elle en est presque sûre.

Cauchemar ou pas, c'est difficile d'ignorer ça. Son instinct lui hurle d'aller voir, de secourir ce petit être.

Elle s'arme de courage puis traverse le brouillard.

Soupir de soulagement : le duo n'est plus là. Elle continue d'évoluer vers les cris de bébé. Il a l'air de tellement souffrir, mais même temps… on dirait qu'il est fatigué de souffrir.

Il y a un semblant de sortie, devant. Un trou dentelé de pierres pointues, menant à on ne sait quoi. Un brouillard rouge, une atmosphère fumante. Comme l'enfer.

En traversant, elle trouve enfin la provenance de ces pleurs continus. C'est effectivement un bébé, qui repose sur le sol. Des… flammes consument sa peau brûlée !

— Oh non ! s'alarme Oriane en se précipitant vers lui.

Elle maudit le fait qu'elle n'a pas de vêtements, tente d'éteindre les flammes avec des élans, puis en les tapotant avec ses mains.

Les brûlures lui font très mal. Et le feu ne vacille pas du tout !

Pauvre enfant. Il hurle, n'en peut plus !

— Je n'y arrive pas ! Je peux rien faire !

Cette… Cette impression extrêmement perturbante…

que cet enfant est là depuis toujours.

Qu'il souffre ici depuis toujours, brûlé par ces flammes éternelles !

Elle réessaye de le soulager, d'éteindre ce feu, mais impossible !

Un long et puissant mugissement retentit. Des bruits de sabots. Quelque chose arrive… dans cette brume dense et rouge.

Le bébé, qui n'en peut plus depuis trop longtemps, accroche ses petites mains à Oriane, tandis qu'une silhouette de taureau immense s'approche.

*

Oriane se réveille en sursaut dans son lit. Elle a beaucoup bougé dans son sommeil. Sa couverture est tombée, ses oreillers aussi.

Sa vision, encore embrouillée, se précise, juste assez vite pour voir, au pas de la porte, son frère, nu, en train de se masturber en l'observant.

L

Chapitre 15

— Qu'est-ce que t… bafouille Oriane en se frottant les yeux.

Barthélemy se sauve vers le Salon.

A-t-elle rêvé ? C'était bien lui, non ?

Il… Il était bien là ?

Elle enfile un pyjama à la hâte puis fonce vers le Salon.

Personne. Ronflements de Simon.

Dans la chambre de Martin, elle entrevoit une silhouette sur le lit. C'est bien Barthélemy. Il dort, apparemment profondément.

Elle s'approche pour mieux l'étudier. Son frère est sous les couvertures. Elle ne peut donc pas voir s'il a un pyjama. Si ça avait été le cas, ça aurait été une preuve qu'elle a imaginé cette folie. Car il n'aurait pas pu se r'habiller si vite. Pas en deux ou trois secondes.

Ou peut-être ?

Merde...

Non. Elle a certainement imaginé ça. Il fait noir. Elle venait tout juste de sortir de ce cauchemar. Ce cauchemar complètement dingue qui donnait l'impression d'être si réel. Le vrai du faux, le réel de l'irréel... Difficile de faire la différence, ces temps-ci.

Une chose est sûre, ses médicaments n'ont pas l'air de faire grand-chose pour maîtriser ses mauvais rêves.

Quelle heure est-il... 3 h.

Allez. On se calme.

Elle a dû mal voir. Elle a bien halluciné quelque chose d'aussi fou relié à son frère, il n'y a pas si longtemps encore.

Oriane tique. La scène avec Simon et Judith, elle, était bien vraie. Les bleus sur son visage...

Parlant de Judith, c'était quoi cette péripétie des plus bizarres chez elle, au souper ? Pourquoi faisaient-ils comme s'ils n'avaient pas d'enfant?

Et là, Martin...

Elle a eu l'impression de retrouver un peu de normalité avec le dîner au Nickels avec ses parents, mais là, toute sa vie est complètement chaotique.

Bon... Le mieux qu'elle puisse faire, c'est d'appeler le docteur demain. Et de retourner se coucher pour le moment.

*

Mercredi matin.

Elle a fait un autre cauchemar, mais celui-là n'était pas aussi réaliste. Elle commençait presque à oublier ce qu'était un cauchemar « normal ». Son contenu était tout de même troublant : pendant qu'elle dormait, son frère la piquait avec une seringue, contenant elle ne sait qu'elle drogue. Dans ce scénario, c'est lui qui entretenait toutes ces hallucinations, ces visions folles, ces... situations irrationnelles qui empoisonnent sa vie ces temps-ci. Pourquoi ? Elle ne l'a pas su. Elle s'est réveillée avant.

C'est bizarre : elle ne trouve pas ses médicaments. Est-ce qu'elle les a déplacés, ou échappés quelque part ? Elle regarde sous son lit, sous ses couvertures. Rien.

Grattement de tête. Peut-être qu'elle les a laissés dans la salle de bain.

En sortant de sa chambre pour se faire un café, elle remarque que Simon a pris de l'avance et qu'il est en train d'en siroter un.

— T'en veux ? Il y en a assez pour trois, fait-il. J'en ai fait aussi pour ton frère, mais je m'étais pas rendu compte qu'il était sorti.

C'est drôle de le voir debout, mais ça ne l'est pas longtemps : il a l'air franchement déprimé.

— Je… J'ai appris pour Martin.

— Ah… Oui, la police est venue hier.

— C'est ben fucké ce qui lui est arrivé. Son corps a comme été… écrasé ? ou…

— Je l'ai vu. Ce n'était pas beau à voir.

— Ils t-on tu dis ce qui lui est arrivé ? Un camion lui est passé dessus, ou quoi ?

— Non, je… Je ne sais pas. Les policiers étaient un peu cons, ils ne m'ont pas dit grand-chose. Ben, pas tous, mais… En tout cas. Je ne sais pas ce qui lui est arrivé.

Simon soupire.

— Je vais aller sortir prendre l'air, un peu, fait-il en déposant son café encore à moitié plein.

— Ok. À tout à l'heure.

Oriane se sent mal pour lui. Martin et Simon se connaissaient depuis bien longtemps. Depuis l'école secondaire, si elle se souvient bien. Ils avaient une complicité profonde et naturelle.

Tandis que Simon met son manteau et prend la porte de sortie, il lance, un peu évasivement :

— J'ai l'impression de plus être moi-même ces temps-ci. J'sais pas c'que j'ai.

Oriane ne sait pas quoi répondre, à part une moue désolée dans le dos de son coloc, qui finit par quitter prendre sa marche.

Alors qu'elle rajoute du sucre dans son café, elle reçoit un texto de Judith.

« Salut… Je voulais m'excuser pour l'autre fois. Tu avais raison. Mathieu me bat. Il subit énormément de stress et il est incapable de se contrôler. Je ne pouvais pas le dire devant toi sinon il m'aurait frappé dès que tu serais partie. Je ne veux pas que tu t'en mêles. Ni que tu contactes la police. Les choses vont se placer. C'est une mauvaise passe. Franchement, c'est vrai que je le pousse à bout souvent. Je ne suis pas blanche comme neige là-dedans. Mais on s'aime. C'est le plus important. Et on vient d'avoir un enfant. Inquiète-toi pas pour moi. Ça va s'arranger. Salut »

Oriane sent un frisson glacial lui traverser la nuque. Mathieu bat Judith…

— Je ne suis donc pas folle… Et ce n'était pas une farce de mauvais goût, se dit-elle à elle-même.

Mais… leur enfant, lui?

La porte se rouvre.

— Tu as oublié quelq… Oh, salut.

C'est Barthélemy.

— Salut. J'ai amené trois cafés Tim Hortons. Mais on dirait que je n'ai pas été assez rapide.

— C'est ben fin ! Je vais le prendre ! Mais Simon est sorti. On feel pas trop. J'imagine que t'es pas au courant pour Martin ?

Son frère dépose les cafés sur le comptoir, fixant Oriane dans les yeux. Elle prend ce silence pour un non.

— J'ai… Je l'ai retrouvé mort dans une ruelle. C'était vraiment épouvantable. La police est venue hier.

Un vague quelque chose flotte dans le regard de Barthélemy. Impossible de savoir ce qu'il pense. Est-ce de la surprise ? De l'amertume ? De l'indifférence ?

— Est-ce que ce soir tu voudrais prendre un verre ? On pourrait parler de lui, boire en sa mémoire, propose Barthélemy en empoignant son Tim.

Les yeux d'Oriane s'arrondissent. Pourquoi pas ? C'est une bonne idée.

— D'accord ! Au même bar que l'autre fois ? Celui juste à côté.

— D'accord. Vers 19 h ce soir ?

— Ok!

— Je vais aller jouer un peu de guitare dans la chambre. Ça va faire un peu bizarre, maintenant que je sais qu'il est mort.

Son frère se dirige vers la chambre de Martin. Si ça lui fait bizarre, il devrait le communiquer à son visage.

Oriane n'arrive pas à s'accoutumer à ce frère si introverti, alors qu'autrefois, il ne cessait de faire des blagues. C'est vraiment… comme si une autre personne s'était insérée dans son corps, avec ses souvenirs.

Elle appelle le docteur pour avoir rendez-vous demain, à 14 heures.

Ne pas s'en mêler… Ne pas s'inquiéter ? C'est impossible, pour Oriane, de ne pas s'inquiéter pour son amie dans ce contexte. Il faut qu'elle fasse attention, cependant : ses actions pourraient empirer le problème.

C'est difficile d'imaginer Judith en femme battue. Oriane a toujours cru que c'était elle et sa forte personnalité, les patrons, dans le couple.

Son visage était si amoché… Il doit y avoir une solution, mais laquelle ?

Quelque chose lui coule sur les joues.

Ce sont ses larmes. Elle s'est mise à pleurer sans s'en rendre compte. Le surplus d'émotion a encore eu raison d'elle.

Deuxième surprise, qui supplante de loin la première : son frère vient lui faire une accolade.

L'étonnement passé, elle se sent vaguement soulagée. Mais son frère se crispe, comme s'il réalisait une gaffe, puis s'éloigne. Il prend son manteau et annonce qu'il va voir des amis.

— Ok à plus ! On se voit ce soir, lance Oriane.

Elle se retrouve seule dans l'appart. Et seule avec ses pensées. Martin lui manque. Sur les réseaux sociaux, les hommages à son égard sont nombreux. Il était populaire dans le monde virtuel, et c'était quelqu'un qui adorait rendre service.

Un peu amère en lisant les commentaires, elle se demande si on attend toujours qu'une personne quitte notre monde avant de lui dire à quel point on l'aime.

Ne sachant pas trop quoi faire, elle décide de jouer un peu à la PlayStation 5. Un jeu d'aventure et de puzzles. À un certain moment, il y a des défis reliés aux miroirs et à des mots à l'envers. Ça lui fait penser à quelque chose : ce fameux graffiti. H colom. À l'envers, ça donne… moloc H. Moloch ?

Ce nom lui dit vaguement quelque chose. Elle met son jeu sur pause, vérifie sur internet, et constate que c'est une sorte de divinité reliée au monde souterrain, au monde des morts, qui s'est retrouvée chez plusieurs peuples. On en parle dans la bible, mais c'est aussi une divinité païenne. Son culte est associé à des sacrifices d'enfants par le feu.

Le stress lui tord le ventre : le hasard est troublant quand elle repense à son cauchemar.

« *Moloch est un démon affreux et terrible couvert des pleurs des mères et du sang des enfants.* » lit Oriane sur un site.

« *'The cult of Moloch, or Molech, is said to have boiled children alive in the bowels of a big, bronze statue with the body of a man and the head of a bull.* »

« *Divinité ammonite, représentée par un homme à tête de taureau, à qui l'on sacrifiait par le feu des victimes humaines, surtout des enfants* »

C'est possible que cette gang de rue ait choisi ce nom exprès et l'ait mis à l'envers pour elle ne sait quelle raison.

En tout cas, si les membres s'inspirent de cette mythologie, ils peuvent être très dangereux.

En attendant ce soir, elle décide de passer la journée à *gamer*. Voilà bien longtemps qu'elle n'a pas eu une journée comme ça, avec du temps pour s'amuser et mettre son stress de côté pour se concentrer sur quelque chose de simple.

Elle a hâte à ce soir. Elle va peut-être pouvoir recréer des liens solides avec son frère. Même s'il est un brin bizarre, ça reste la famille. De toute façon, ce n'est pas comme si elle-même était la plus normale des personnes, surtout en ce moment. Et puis, ce n'est pas un crime d'être un peu secret et replié sur soi-même. Mais ce soir, autour d'un bon verre, elle compte bien en apprendre plus sur son frère et sa situation.

*

18 h 40.

Toujours aucune trace de ses médicaments. Une cloche sonne dans sa tête : et si c'était son frère qui lui avait volé ? S'il a un problème de drogue, l'hypothèse est tout de même plausible.

Il n'est pas encore pas revenu à l'appart, alors elle suppose qu'ils vont se retrouver au bar Nocha directement.

Elle enfile son long manteau et sort.

La neige tombe avec force ce soir, guidée par un vent dominant qui hurle, et qui fouette les arbres aux branches presque toutes mortes. Les yeux d'Oriane se plissent par réflexe, et elle se dirige à la hâte vers le point de rendez-vous. En chemin, elle remarque la présence d'une jeune femme en talons hauts qui marchent lentement sur la glace, d'une extrême prudence, la démarche courbée, faisant presque penser à une femme âgée. Au coin de la rue, un groupe de quatre trentenaires qui fument un immense joint en riant. Oriane dépasse le bar et croise un jeune à l'habit particulier, portant un imperméable à la Columbo, mais avec une tuque noire qui lui donne une sorte d'air de voyou.

En tout cas, il y a pas mal de monde, dehors, pour un mercredi soir.

Voilà, le bar Nocha.

À l'intérieur, elle retrouve la même barmaid que la dernière fois, ainsi que quelques clients : deux hommes au visage assez juvénile, ce qui contraste avec leur habit veston cravate, qui discutent d'un air concentré. Plus loin, une fille dans la vingtaine, faisant penser un peu à Cruella avec ses pantalons noirs de cuirs moulants, son manteau de cuir noir, son rouge à lèvres et son expression naturellement impassible.

Pas de trace de son frère. En fait, comme la dernière fois, elle est un peu en avance.

Elle demande un rhum and coke et attend patiemment.

Après une dizaine de minutes, la porte s'ouvre et Barthélemy apparaît, vêtu d'un simple hoodie noir malgré la température inclémente.

— Salut ! lance Oriane après avoir bu une gorgée de son verre.

— Salut, répond son frère.

La serveuse vient le recevoir avec une vague grimace et prend sa commande. Il choisit comme sa sœur.

— Alors, passé une bonne journée ? demande Oriane.

— Oui, et toi ?

— J'ai surtout *vedgé* sur la PS5. Très relaxe. C'était une bonne idée, un petit bar !

Son compliment est accueilli par un mince sourire et Barthélemy interpelle la serveuse pour qu'elle lui amène 6 shooters.

— Hé bien ! Ça te tente de faire le party à soir ?

— On peut dire ça.

Il laisse un bon pourboire à la serveuse lorsqu'elle lui apporte les petits contenants d'alcool. En approche trois vers Oriane.

Elle hausse les épaules en faisant une moue approbatrice. Pourquoi ne pas fêter un peu ? Elle en a plus que besoin, en ce moment!

Ce qui la surprend légèrement, c'est qu'elle a aperçu une bonne liasse d'argent lorsque Barthélemy a payé. Elle ignore si elle doit être en colère ou reconnaissante. Lui qui n'avait supposément pas une cenne... Peut-être a-t-il trouvé un moyen d'avoir un peu de revenus et qu'il veut lui rendre la pareille pour son aide ?

— Santé ! fait Oriane en levant son deuxième shooter avant de le boire.

Ça faisait un certain temps qu'elle n'avait pas bu autant. La dernière fois, c'était à elle ne sait plus quel party d'université. Ça cogne déjà pas mal, mais elle en a quand même vu d'autres.

— Tu as vu la fille, là-bas ? Avec le manteau de cuir? Style vaguement gothique. Ça me fait penser à ton ami d'enfance, là, que tu avais. Marcel… Mich…

— Michel, oui.

— Tu as gardé contact avec lui ?

Toute ombre de sourires s'efface des lèvres de son frère.

— Non. Il est décédé il y a plusieurs années.

— Oh… C'est triste. Je me rappelle quand on était petits. On jouait souvent avec lui dans la ruelle. Il était toujours habillé en noir, avec des designs de tête de mort et tout ça.

Son frère hoche la tête en buvant une gorgée de son rhum and coke, comme nostalgique.

— Tu traînais souvent chez lui… J'ai visité, une fois, avec vous. Elle était vraiment spéciale, leur maison. Tout était noir, jamais de lumière. Plein de décos squelettiques, des portraits de monstres. Je me souviens, j'avais eu super peur !

Oriane rigole et commande deux autres shooters à la barmaid. Pendant ce temps, un groupe de cinq personnes, dans la trentaine, entre et s'installe joyeusement à une table.

— C'est vrai qu'elle était spéciale, sa maison, approuve son frère.

— Il est décédé comment, dis-moi ? Il est mort jeune, quand même !

— Trop joué avec le feu, répond son frère.

Oriane serre les dents, un peu mal à l'aise par cette réplique étrange.

— Je vais aller aux toilettes, moi ! Je reviens, annonce-t-elle en se levant.

— C'est bon.

En se dirigeant vers la salle de bain, elle s'interroge si elle ne devrait pas, à son retour, demander à Barthélemy plus de détails sur ses problèmes de drogue. Ainsi que sur ses liens avec cette gang de rue H colom. Mais en même temps, elle sent une certaine complicité grandissante avec son frère, et ne veut pas gâcher ça avec cette conversation qui risque de refroidir l'ambiance.

Elle fait son affaire dans cette toilette aussi propre qu'un dépotoir, puis revient vers la table. En chemin, un des nouveaux arrivés la croise en se dirigeant vers les toilettes et lui dit, avec un sourire charmeur, qu'elle ressemble à la fille qui joue dans Jumanji, Karen Gillan. Elle le remercie du compliment, échange un regard enjôleur avec lui et retourne s'asseoir. Son frère a commandé trois autres shooters. Ça va être le méga party ce soir, si ça continue ! Qui sait, elle aura peut-être « un ticket » avec l'autre gars cette nuit !

Se sentant de plus en plus à l'aise, elle parle à son frère de quelques soucis qu'elle a eu récemment, du fait qu'elle a un problème de santé (sans lui en révéler sur sa gravité - elle n'en est même pas sûre elle-même, de toute façon), des visions qu'elle a eues à son travail.

— Je ne sais pas si je commence à devenir dingue... grommelle-t-elle.

— J'ai eu mon lot de choses dingues, ces dernières années, moi aussi, fait son frère en levant son verre, la mine vaguement compatissante.

Tandis qu'Oriane échange un autre regard et sourire avec le gars de tout à l'heure, Barthélemy change de chaise et s'assoit sur celle juste à la droite de sa sœur, les yeux froncés, comme s'il avait déniché quelque chose.

— Tu as quelque chose dans les cheveux, dit-il, en tendant sa main vers la chevelure rousse de sa sœur.

Il lui caresse le haut de la tête et enlève elle ne sait trop quoi. Un cheveu à part, un bout de tissu ? Difficile de voir dans cette pénombre. Cette proximité crée un petit malaise chez Oriane, mais elle essaye de passer par-dessus.

L'alcool commence à faire pas mal effet.

— Alors, c'est quoi tes futurs projets ? demande-t-elle.

— Je n'y pense pas trop. J'ai quelque chose d'important à faire avant. Après ça, il faudra voir comment je suis...

Bon, saoul ou pas, il demeure toujours énigmatique dans ses réponses, celui-là. Il était nerveux quelque peu au début, mais là, l'alcool l'a rendu plus confiant, direct.

Du Lady Gaga joue depuis tout à l'heure. Oriane aime bien sa musique.

— Et toi ?

— Moi, hmm… Quand cette étrange période va passer, j'aimerais bien me trouver un travail en criminologie. Peut-être dans un domaine où je pourrai aider les victimes de violeurs, de gens agressifs et autre. Je vais peut-être garder ma job en sécurité un moment, c'est quand même assez payant et pas difficile.

Barthélemy veut commander d'autres shooters, mais Oriane refuse poliment en demandant plutôt une bière.

— Je vais prendre ça un peu relaxe, là, je commence à avoir la tête qui tourne !

Barthélemy hoche du menton.

Oriane se sent saoule, mais il y a quelque chose de plus. Comme une fatigue étourdissante.

— Tu es devenue une très belle femme, complimente-t-il.

Sa sœur est un peu mal à l'aise, mais touchée. Enfin, elle croit?

Puis, sans prévenir, Barthélemy approche son visage et l'embrasse.

Dès le premier contact des lèvres, elle se recule, outrée.

— Qu'est-ce que tu fais ?! Tu es dingue, ou quoi ?

L'air contrit, son frère tord sa bouche en une lippe réprobatrice. Mais on dirait qu'en même temps, il montre des signes… d'impatience ?

— Désolé, je…

— Je suis ta sœur, tu te souviens ?

Elle considère son frère avec irritation.

Puis, en se levant de sa chaise, elle le voit presque en double.

Sa vision est vraiment très trouble.

— Je m'excuse, je crois que je ne tiens plus très bien l'alcool…

Maintenant, il a l'air franchement désolé et embarrassé. Même humilié, lorsqu'il regarde les gens autour qui l'observent d'un air perplexe. L'éternel côté empathique d'Oriane prend un peu le dessus. Ce n'est pas comme si elle n'avait jamais fait de gaffe, sous l'alcool.

— Bon… Mais que je t'y reprends pas, hein ?

— Désolé, haha ! Moi aussi, je vais faire une petite pause d'alcool.

Il retourne s'asseoir de l'autre côté de la table.

Petit silence de malaise - qui va s'éteindre tranquillement, espère Oriane - puis elle finit par lancer, en s'assoyant également :

— Est-ce que les parents t'ont appelé ?

Sa mère a bien dit qu'elle allait prendre les choses en charge. La connaissant, elle n'a sûrement pas perdu de temps avant d'appeler son fils - mouton noir de la famille, certes, mais son fils quand même.

— Non. Ça serait bien étonnant.

— Ah bon, comment ça ?

Barthélemy lève son verre.

— À Martin, dit-il, d'un respect qui semble sincère.

— À Martin, répond-elle, en dressant le sien.

Malgré leur volonté de faire une pause d'alcool, ils boivent une gorgée.

— Je ne comprends vraiment pas ce qui a pu lui arriver... fait Oriane.

Barthélemy opine de la tête, dit :

— La vie est étrange, parfois. Elle peut nous jouer des tours, nous tromper. Faire du mal à ceux qu'on aime. C'est une fatalité qu'on se doit d'accepter. Mais je n'ai jamais pu le faire.

Il fixe Oriane avec des yeux qui pétillent soudainement d'une étrange fierté.

— Je dois retourner aux toilettes... Je reviens, annonce sa sœur.

Mal de cœur ? s'interroge-t-elle lorsqu'elle se lève. Elle n'est pas sûre, mais finalement non : ça va de ce côté-là. Cependant, sa tête commence à drôlement tourner. Vraiment beaucoup. Même la musique tourbillonne dans sa tête.

Elle arrive à la porte de la salle de bain. Dépose ses mains contre elle, sans pouvoir la toucher ; elle est plus loin qu'elle le pensait.

Elle s'avance et... arrive à la toucher, la pousse et entre.

Une fille est là. La voit pas trop... bien.

« Ça va ? T'as l'air étourdie… » .

« Hein ? Non, non, ça va… »

C'est elle qui vient de parler ? Oui, c'était sa voi-

— Woup's ! lâche Oriane en glissant

et en tombant

sur

quelque chose.

''Je pense que t'as bu un verre de trop !''

Quelqu'un approche et se penche. C'est Barthélemy.

« C'est ma sœur ! Je pense que je vais la ramener à la maison… »

« Ouais, ça serait mieux, j'pense ! »

« Allez, Ori, accroche-toi à moi ! »

Il la soulève et pose son bras autour de sa hanche.

— C'est drôle, messemble… messemble ça a monté vi… vite l'effet de l'alcool.

— C'est-

Bruit de char qui roule très vite. Ils sont déjà dehors ? Oriane a perdu la carte quelques minutes. Elle a son manteau sur le dos. Barthélemy est encore en train de la tenir. Le bras d'Oriane est enroulé autour de son cou.

— Allez, on est presque arrivés.

— Je p… pense que je vais aller dormir.

— Ok.

Elle se sent vraiment étourdie, et engourdie aussi. Et faible. Sans son frère, elle ne serait sans doute même pas capable de se déplacer.

Tout ce qui est autour n'est pas clair. C'est tellement embrouillé.

Un grincement de porte.

Une bouffée de chaleur. Ils sont à l'appart.

— M… Merci.

— Tiens, Simon n'est pas là.

Elle se force à retrouver son frère des yeux, même s'il est tout près. Son visage est crispé d'irritation, ou elle ne saurait dire. Elle lui fait honte, ou quoi?

— Allez, ton lit est là. Attention, je te pose…

Il l'étend sans trop de mal sur son lit. En dessus des couvertures, mais ça importe peu Oriane. C'est tellement confortable, et elle rêve de s'endormir. Mais pas tout de suite. Elle se force à demeurer éveillée, se sentant étrange.

Où est son frère ? Ah, il est là. Il revient avec…

Quelque chose de froid se pose contre son visage. Ça la surprend et la réveille.

« *Oups c'est un peu froid.* »

« *Désolé. C'est une débarbouillette.*

« *Je voulais te laver un peu le visage* ».

Sa voix… On dirait un écho.

— Attend. Je vais t'enlever tes bottes et tes bas.

Il s'exécute.

— Merci… dit encore Oriane.

De ses yeux fatigués et confus, elle observe Barthélemy, qui lui-même examine la chambre.

— Ouf... C'est vrai qu'il fait chaud, ici.

Il enlève son chandail. Il est maintenant torse nu.

Mais qu'est-ce qu'il fait ?

De sa vision diffuse, Oriane arrive quand même à voir de grosses marques - comme d'immenses cicatrices - un peu partout sur son corps, plus musclé qu'elle ne l'imaginait.

Le cœur d'Oriane palpite. Encore plus quand il commence à s'approcher d'elle, avec un étrange regard.

« Ça va ? »

« Tu

« est confortable ? »

Il pose un genou sur le lit. Puis un deuxième.

Oriane veut se lever, s'opposer à cette scène déroutante, mais n'y arrive pas. Elle peut à peine bouger ! Elle n'arrive même plus à parler !

— Je... Hmm j's... j'euh...

— Chhht... susurre-t-il d'une voix doucereuse, enjôleuse.

Il approche son visage du sien.

— C'est vrai que tu es devenue une belle femme...

Ses lèvres. Elles s'approchent.

Oriane essaye de tourner la tête sur le côté, y arrive un peu, mais la main de son frère la repositionne vers lui.

Non !...

Il l'embrasse à nouveau. Mais cette fois, doucement, passionnément.

—Hmm! Hrmg...

Elle veut lever ses bras pour se débattre, mais n'arrive à peine qu'à l'effleurer. Impossible de lui mordre les lèvres.

Les sensations, son sens du toucher. Tout est amplifié par dix !

Il lui souffle maintenant dans le cou, puis dépose plusieurs doux baisers sur celui-ci.

— Arrêha, Arr...

— Je t'aime.

Il pose ses lèvres de nouveau sur celles d'Oriane, et lui caresse les hanches tout en relevant doucement son chandail.

Oriane continue d'essaye de tourner la tête pour éviter ses baisers, mais il bouge aussi la tête et suit ses mouvements pour continuer.

Puis, il se redresse, s'éloigne quelque peu du lit, devant sa sœur en larmes.

Il baisse ses pantalons. Sans quitter Oriane des yeux. Les retire. Enlève rapidement ses chaussettes.

Il ne reste que ses boxers, et sa sœur arrive à apercevoir avec effroi la grosse bosse à l'intérieur.

Il s'approche.

Non.

En grosse érection.

Je veux pas.

"*Hé bien ! Ça te tente de faire le party à soir ?*"

"*On peut dire ça.*"

Il pose un genou sur le lit.

Non ! Non !!

Puis l'autre.

« Je t'aime »

Il m'a droguée !

Il lui enlève sans mal son chandail, puis son jean. Elle est maintenant en sous-vêtements.

Il me viole !

— Je t'aime…

Je veux pas !

Maman !!

Il l'embrasse à nouveau, mais avec plus de fougue, et lui caresse également les seins. Cette fois, il se couche pratiquement sur elle, et elle sent son sexe dur se frotter contre son pubis.

« Arrête de pleurer. Je t'aime »

— Rappelle-toi de ça.

Il lui mord doucement le cou

— Tu sens bon.

puis se redresse. S'assoit, puis retire ses boxers. Oriane arrive à voir son membre dur, en érection rigide.

— Maintenant, on passe au dessert.

Il lui détache sa brassière. Puis, lui retire sa petite culotte. Oriane n'arrive pas à dire un mot. Elle pleure de plus en plus, espère naïvement que ça inspirera une pitié quelconque chez son frère, mais non.

« Je veux te faire un enfant »

La terreur totale s'empare d'Oriane.

Elle se débat avec tout le peu de forces qu'elle a, mais n'arrive à rien, hormis le griffer très légèrement.

Il lui lève les jambes

puis la pénètre.

Profondément.

La sensation est effroyable, innommable.

Non !

Ahhh!

Puis, il effectue ses élans de va-et-vient avec son bassin. Et l'embrasse de nouveau.

C'est mon frère ! Mon frère est en moi !

Puis délaisse ses lèvres, et l'observe droit dans les yeux. Son regard est vide, terrifiant.

Froid comme le mal à l'état pur.

« Ahh… Ahhh… »

C'est insupportable. Les sensations sont trop…

« Ahh ! Ahh… »

« Ahhhhh ! Ahh… Ahh ! »

Non !

Il va vite. De plus en plus vite.

« Je t'aime »

Beaucoup trop vite !

« Je vais te faire un enfant »

Beaucoup trop fort.

« Ahhh ! Ahh »

Le lit tremble. Il va trop vite !

Elle tourne la tête. Voit les draps de Naruto.

Pitié !

Ça fait mal !

« Tu es devenue une belle femme »

« Ahhh » « Ahh »

Maman ! Pitié !

Puis, il vient en elle.

Elle sent le liquide visqueux la pénétrer, alors qu'il lâche un long râle.

Les larmes sont si abondantes dans ses yeux qu'elle ne voit presque plus rien. Sauf le poing de son frère, qui la frappe au visage, et l'assomme.

O

Chapitre 16

Il doit être quoi, là, midi ? Bob a toujours bien apprécié cette heure-là. Les gens, après avoir mangé, se sentent toujours bien, satisfaits, rassasiés. Et avec ce petit bonheur vient parfois l'envie - pourquoi pas - de donner un peu de change aux personnes dans le besoin.

Il tient la porte du métro pour que les passants puissent rentrer. Il fait froid, mais son gros manteau vert et sale est assez chaud. Tant pis si le gars de la cabine de métro l'avertit encore de ne pas maintenir la porte ouverte, car les bourrasques glacées entrent et ça le fatigue. Que va-t-il faire ? Appeler la police ? Pour lui donner des amendes qu'il ne payera pas ? Pour ensuite l'envoyer dans une prison plus confortable que n'importe quel banc ?

Un homme avec un long blouson vert lui donne un 2 $. Bob le remercie et lui souhaite une bonne journée. Mais le vent s'amplifie, et malgré son manteau, le froid commence à être difficile à supporter. Il s'accorde donc une pause, entre dans le métro et va prendre place sur une banquette près des tourniquets. L'employé à la cabine le considère d'un air mauvais.

Les gens entrent presque continuellement. Chaque fois ou presque, ils le regardent, puis baissent les yeux, ne sachant pas trop comment réagir. Bob a toujours eu cette impression… d'être une sorte de moteur à malaise ambulant.

Mais une fille s'approche et s'assoit à côté de lui.

— Salut, lance-t-elle.

Bob, qui calculait son change, se retourne vers elle. C'est encore cette fille gothique étrange, qui traîne dans le coin souvent. En général, elle se tient avec des individus qui ont un style vestimentaire similaire au sien. Elle porte un maquillage qui blanchit vraiment beaucoup son visage, la faisant presque ressembler à un fou du roi ou un mime. Des colliers, des bracelets et autres accessoires squelettiques.

— Allo, répond-il, le ton incertain, suspicieux.

— J'ai toujours apprécié les gens comme toi. Vous êtes plus « vrais » que les autres.

— Hein ?

— Pour vous, chaque minute est importante pour survivre. Les autres se perdent dans leur routine soporifique. Vide comme eux.

Bob est confus.

— Est-ce que vous avez un peu de change ?

La fille esquisse un sourire bizarre. Elle fouille dans ses poches et en sort un billet de vingt. Mais le billet est recouvert d'un vieux liquide séché, rouge. Du sang ?

Il y a aussi une poudre rouge foncé, très légère, qui s'évapore autour du billet.

Bob fronce les sourcils, mais n'a pas peur. La peur, ça fait longtemps qu'il n'en ressent presque plus. Depuis le temps, il n'en a tout simplement plus en réserve. Il a déjà presque tout perdu dans la vie, alors il ne perdra pas son sang-froid.

— Eh... Merci.

Il se demande s'il vaut encore quelque chose, mais on sait jamais.

— Vous êtes un genre de gang de rue, dans le coin ?

Un sourire énigmatique retrousse les lèvres de la femme sombre.

— Je ne suis que de passage. C'est très rare que je sois là, en personne, ou presque. D'habitude, je n'arrive qu'à sentir une petite goutte de cette humanité si intrigante.

— Eh… Votre drogue a l'air forte.

— Je voulais m'excuser. On perturbe un peu les choses, dans votre petit monde, votre petit quartier. Ça ne devrait plus être très long.

Elle se lève, puis quitte le métro. En même temps, Bob discerne quelque chose qu'il n'avait pas encore remarqué. Le graffiti, H colom, a changé. C'est la même peinture, les mêmes sortes de caractères, mais cette fois, c'est écrit « Moloch ».

Chapitre 17

Depuis combien de temps est-elle réveillée ? Une minute ? Une heure ? Le temps semble si... irrégulier.

Elle tremble, surtout avec les flashs de plus en plus nombreux, affligeants, cruels, qui surgissent et qui la hantent. Était-ce... Une hallucination ?

Non.

Son frère l'a bel et bien violée.

À cette pensée, elle regarde ses mains, qui tremblent encore plus que tout le reste.

Elle se sent sale, déphasée avec la réalité. Ça semble si irréel. Elle donnerait tout pour se réveiller d'un cauchemar.

Mais on ne se réveille pas d'un cauchemar qui n'en est pas un.

Mon dieu.

Qu'est-ce qu'elle a fait pour subir cette... ultime horreur ? Son frère est devenu complètement fou.

Elle se lève de son lit d'un pas incertain. Son cellulaire. Où...

Son œil. Quelque chose... ne va pas. Elle comprend qu'un spasme ne cesse de faire refermer puis ouvrir sa paupière gauche. Impossible à contrôler.

Son cœur bat tellement vite. Une fraction de seconde : elle pense à un souvenir, un petit chat qui respirait à toute vitesse. Comme elle, en ce moment.

Son cellulaire, sur le sol. Elle le prend. Affolée, une idée lui vient à l'esprit. Et si...

S'il était... toujours là ?

Elle marche doucement de ses pas tremblants vers le salon. L'étui de guitare est encore là. Mais aucune trace de Barthélemy dans sa chambre.

Allez. Doit composer le 911. Cette... action simple lui demande une grande concentration tellement sa vision est chevrotante.

Allez, 9.

« *Je t'aime...* »

Des larmes de soulagement se glissent sans avertissement sur ses joues. Il n'est pas là.

1.

Quelque chose de ténu dépasse de l'étui de guitare. Un petit gobelet de plastique, ou...

« *Rappelle-toi de ça.* »

Il est parti.

1.

C'est... ses médicaments !

Il lui a volé ses médicaments.

Et le cauchemar de l'autre fois, où il lui injectait de la drogue. C'était peut-être réel. Ça expliquerait tout.

Sa première envie est de prendre une douche, mais ce n'est sûrement... pas une bonne idée ? Les preuves...

« Madame ? Je répète : quelle est la raison de votre appel aux services d'urgences ? »

— Hein ? Ah, j… j'ai besoin de la police ici. Mon frère m'a agrass… Je veux dire, agressée sexuellement. 4178 rue Montgomery, c'est mon adresse.

— Nous envoyons une voiture immédiatement. Quel est votre nom ?

— Oriane. Deschamps.

Elle sursaute en réalisant la présence de Simon, assis à sa place habituelle, en train de dessiner. Il est nu.

Réflexe stupide, elle raccroche, comme pour se concentrer sur son coloc, voulant être certaine qu'il soit bien là.

— Simon ? Tu m… Tu m'entends ?

Pourquoi il… n'a aucuns vêtements?…

Elle se souvient qu'elle-même est nue comme un ver. Elle retourne dans sa chambre enfiler une robe de chambre. De toute façon, Simon n'a pas bronché. Il dessine, le regard hypnotisé.

— Hey ! Qu'est-ce que tu fais ? Je te parle.

Oriane voit bien que sa voix tremblante n'est pas très forte. Mais elle est tout de même juste à côté de lui. Pourquoi il ne l'entend pas ?

Ça sonne.

Oriane est confuse sur le coup, puis se rappelle que ça doit être évidemment la police. Ils ont été rapides.

Elle est soulagée sur le moment, mais le soulagement s'envole bien vite de ses traits.

C'est les deux connards. Le grand barbu et le plus petit, blond, avec l'accent français.

— Bon matin ma chère dame, nous cherchons une dénommée Oriane Deschamps, annonce le français.

— Ouin, approuve le barbu en avançant déjà d'un pas dans l'appart.

— C'est moi. Vous... m'avez vue, l'... l'autre fois.

Elle se recule machinalement tandis que les deux hommes entrent.

— C'est vous qui avez raccroché au nez de la répartitrice du 911 ? demande le français avec une sorte de sourire convenu, hypocrite.

— Hein ? Heu oui, mais je n'ai pas vraiment fait exprès et...

— Nous n'avons pas le droit à la politesse, nous, les policiers ? Les gens ne cessent de se plaindre, de dire que toute chose est notre faute...

— Ouin, on a le dos large, confirme le barbu. Pourquoi c'est toujours nous le punching bag du monde ?

Ils ignorent totalement Simon, à côté.

— Mystère et boule de gomme, mon cher collègue...

— Écoutez, mon frère m'a agressée cette nuit et j -

— On est tannés de se faire brasser le Canadien, tonne le barbu.

Désarçonnée, Oriane serre les poings.

C'est quoi ça ? Non, mais c'est quoi ça ?!

— Arrêtez de parler, s'il vous plaît ! Je viens de dire que j'ai été violée !

— Et pourquoi vous ne pleurez pas comme une Madeleine dans ce cas ? demande le français.

— Vous êtes sûre que vous vous êtes pas trompé ? Vous avez l'air dans le champ, madame Deschamps.

— Ok c'est n'importe quoi. Quels genres de policiers vous êtes ?! Sortez de chez moi !

Les deux hommes ont l'air outrés, mais acceptent de s'en aller.

— Nous allons filer à l'anglaise, dans ce cas.

— Ouin, on crisse notre camp !

Oriane claque la porte derrière eux.

Merde, il y a bien quelqu'un qui peut m'aider ! pense-t-elle en empoignant son cellulaire.

— Tu ne dis rien, toi ? s'exclame-t-elle vers Simon.

911 encore. Ça sonne.

« Bonjour, quelle est la raison de votre appel aux services d'urgences ? »

— Je viens d'appeler pour une agression sexuelle.

Court silence étrange.

« Madame Deschamps ? »

— Oui, c'est ça.

« Deux de nos policiers sont passés vous voir et ils viennent de nous signaler une grande agressivité de votre part. »

— Pardon ? C'est eux qui sont crétins ! Envoyez-moi des policiers normaux, pas des fuckés comme eux !

« Madame, je vous demanderais de baisser le ton. »

— Osti, non ! Non, je ne vais pas baisser le ton ! J'ai besoin de votre aide, ici, maintenant ! Mon frère m'a violée !

« Nos deux patrouilleurs ont dit que votre colocataire était là et qu'il était très tranquille, comme si tout allait bien. »

— Simon ? Il réagit à rien ! Je ne sais pas ce qu'il a. Peut-être que mon frère l'a drogué, je...

« Votre frère vous a violée ou vous a drogué ? »

— Mais, les deux ! Je crois... Je... Mais là, je parlais de Simon.

« Madame… Vous appelez très régulièrement ici et à chaque fois, c'est inutilement. Vous monopolisez le temps précieux de nos forces de l'ordre. S'il vous plaît, arrêtez. Bonne journée. »

— Quoi ?

Ça a coupé.

Comment ça, "appelez très régulièrement" ?

Elle veut encore composer le 911, mais fond en larmes.

Elle n'en peut plus.

Judith ? Oui, elle va appeler Judith.

Pendant qu'elle la retrouve dans ses contacts, Oriane examine Simon, qui est totalement plongé dans son univers artistique, le regard vide, ou presque. Son expression s'apparente à celui d'un mort vivant qui aurait un infime espoir d'avoir trouvé de la chair humaine.

« Allo ? Oriane? »

Elle vient manifestement de se réveiller.

— Judith ! Il faut que tu m'aides ! La police veut... ne v... ne veut rien faire...

Concentre-toi. Un mot à la fois. Respire.

« C'est rare que tu appelles au lieu de texter... Attends, tu as dit *police* ? Qu'est-ce qu'il y a ? »

— C'est Barthélemy, il m'a...

Hésitation. C'est tellement fou, irréaliste, qu'elle n'arrive pas à le dire rapidement, cette fois.

— Il m'a droguée puis violée.

Oriane n'entend plus Judith respirer. Elle parvient presque à sentir sa stupéfaction d'ici.

« Qu... Quoi ? Répète-moi ça ? »

— Oblige-moi pas à le redire, Judith. Je me sens... Je me sens dégueulasse, sale, j...

« What the fuck ! Ben voyons, mon dieu... »

— Je pense que je vais appeler mes parents. Je ne sais pas pourquoi je n'y ai pas pensé plus tôt. Ils... doivent apprendre quel genre de monstre Barthélemy est. Il est dangereux et pourrait leur faire du mal.

« Attends, quoi ? Tes parents ? »

Difficile de comprendre le ton de sa voix. Veut-elle sous-entendre que ça n'a pas de bons sens ? Ou c'est autre chose ?

— Ben oui, mes parents ! La police a l'air de me prendre pour une dingue ! Eux, ils vont peut-être m'aider.

« Voyons, Oriane. Tu me niaises, ou ? Tu peux pas appeler tes parents… » susurre Judith, sur un ton réclamant le gros bon sens.

— Judith, veux-tu bien m'expliquer ce que tu veux dire, je comprends rien.

« Oriane? Tes parents sont… morts, voyons. Ça fait deux ans. Dans un accident de voiture… »

Le choc vrille les entrailles d'Oriane.

— Quoi ? Est-ce que c'est… encore un autre de tes coups, ça ? Esti, Judith, c'est pas le temps de me niaiser, j'les ai vus, l'autre jour ! Et…

« Criss, Oriane… Je te jure. Tu t'es cogné la tête ou quoi ? Attends… »

Oriane reçoit un texto de Judith. C'est une photo.

Une photo d'elle-même, en compagnie de Judith. Les deux sont habillées en noir et se serrent dans leurs bras. Elles sont au cimetière, près d'autres personnes tristes, en habits noirs également.

Devant les tombes de son père et sa mère.

Chapitre 18

— On juge souvent mon milieu comme étant mauvais, mais tu ne laisses pas ta place non plus.

Mala-ika tire une bouffée de son joint fumant et le tend à Barthélemy. Appuyé contre le mur extérieur du Tim Hortons, ce dernier s'essuie les yeux de la neige tombante et prend le joint pour le fumer à son tour.

— Enfin, c'est ce que je retiens de mes observations, au fil de ces nombreuses années… poursuit Mala-ika en s'étirant les bras en arrière.

Barthélemy hausse les épaules, étudiant les gens dans les environs.

Oriane reçoit un texto de Judith. C'est une photo.

Une photo d'elle-même, en compagnie de Judith. Les deux sont habillées en noir et se serrent dans leurs bras. Elles sont au cimetière, près d'autres personnes tristes, en habits noirs également.

Devant les tombes de son père et sa mère.

Chapitre 18

— On juge souvent mon milieu comme étant mauvais, mais tu ne laisses pas ta place non plus.

Mala-ika tire une bouffée de son joint fumant et le tend à Barthélemy. Appuyé contre le mur extérieur du Tim Hortons, ce dernier s'essuie les yeux de la neige tombante et prend le joint pour le fumer à son tour.

— Enfin, c'est ce que je retiens de mes observations, au fil de ces nombreuses années… poursuit Mala-ika en s'étirant les bras en arrière.

Barthélemy hausse les épaules, étudiant les gens dans les environs.

— Il y en a des gens, autour, n'est-ce pas ? Nous sommes rendus à quoi, maintenant, 8 milliards ?

Barthélemy ne répond pas, mais discerne une vague irritation grandissante dans le regard de Mala-ika, alors il décide d'ouvrir la bouche.

— Oui, je pense.

— Regarde-les. Penses-tu qu'ils ont tous des pensées sombres ? Penses-tu qu'ils ont leurs démons, comme toi ? Difficile de savoir. On ne voit que leur corps, leur carapace, au loin, aller ici et là. Quoiqu'on dit que les yeux sont le regard de l'âme, alors peut-être si on serait plus près…

Tandis que Barthélemy repasse le joint à la jeune femme en noir, une cloche résonne. C'est un sans-abri aux cheveux longs, dans la trentaine, qui tient une pancarte sur lequel est écrit « C'est faux ! Réveillez-vous ! Que Dieu nous aide »

— Une ancienne affaire, dit Mala-ika machinalement en l'observant. Alors, les choses devraient se terminer pour toi bientôt aussi, Barthélemy. Tu dois être content. À moins que tu ne ressentes plus grand-chose, désormais.

— C'est quoi ce nom, de toute façon ? « Mala-ika » ? demande Barthélemy d'un ton quasi arrogant.

— Quelle subtile façon de changer le sujet de conversation ! C'était un prénom que j'avais, lorsque je travaillais en Afrique. Ça fait longtemps, maintenant. Je m'y suis bien amusée.

Mala-ika s'étire une nouvelle fois les bras, en plus du dos, cette fois.

— Ahhh que je me sens bien. Tu as fait un bon travail, Barthélemy. Crois-moi, je ne complimente pas souvent.

Barthélemy met les mains dans les poches, l'expression passive.

— La fin justifie les moyens, comme on dit, rajoute Mala-ika. Encore une de vos expressions que vous répétez souvent, sans vraiment les comprendre. Enfin… Il va falloir poursuivre. Tu te sens prêt ?

Court silence tandis que le vent gronde un peu plus. Puis Barthélemy répond :

— Avec plaisir.

Oriane a raccroché. Son regard est aimanté à cette photo.

Est-elle truquée ?

Non.

Photoshop est passé dessus ?

Non. Non, non, non ! NON !

Elle se secoue la tête.

Elle a l'air vraie. La photo a vraiment l'air vraie !

Non, c'est impossible !

Elle compose le numéro de sa mère.

« *Désolé, ce numéro est indisponible* ».

Quoi ?

Elle les a vus l'autre jour ! Elle a mangé avec eux !

Facebook. Oui. Voilà. Elle a écrit à sa mère, l'autre jour.

Voilà ! Son profil est là ! Elle n'est pas cinglée !

Mais il y a un mot de Facebook, comme officiel, en haut de son profil…

En souvenir de Lucie Deschamps,

Nous espérons que les personnes qui aiment Lucie trouveront du réconfort en consultant son profil pour se souvenir et célébrer sa vie.

Non ! Nooooooon !

Elle clique sur Messenger pour y voir les messages échangés avec elle.

Tout ce qu'elle voit, c'est des messages d'elle-même, qui se ressemblent tous ou presque :

« Tu es en vie ! »

« Je suis sûr que tu es vivante… »

« Non ! »

« Tu es vivante ! »

« Tu es en vie ! »

« Maman, je t'aime, reviens. »

« Tu es en vie ! »

Elle échappe son cellulaire sur le plancher. S'effondre.

Un texto. Judith.

Oriane reprend son téléphone.

Un espoir.

Elle va écrire que c'était une blague. La plus épouvantable des blagues.

« Check, je sais pas si tu déconnes, si tu niaises ou si tu imagines des choses. Mais moi aussi j'ai mes problèmes »

Une vidéo suit.

C'est une vidéo de Judith. En apparente conversation très tendue avec Mathieu. Les bras se dressent, les expressions se durcissent. Puis, Mathieu donne un coup de poing à Judith. En plein visage. Un terrible coup de poing, qui la met par terre. Et il lui donne un coup de pied, très violent. Oriane n'a jamais vu une attaque aussi brutale. Elle ferme presque les yeux tellement c'est…

Mathieu lui donne encore un autre coup de pied, puis un autre, et un autre.

Et ça coupe.

Sa main perd toute force, comme débranchée par le désespoir, et le cellulaire retombe sur le sol.

Et, pendant ce temps, Simon continue de dessiner ses illustrations de taureau, le regard délirant.

*

Oriane reprend ses esprits dans sa chambre. Elle n'arrivait presque plus à respirer pendant un moment.

Elle a vérifié, et revérifié sur son cellulaire, mais le drame insensé existe toujours. Ses parents sont morts.

La logique n'a plus d'emprise.

Elle aurait donc… halluciné tout ça ? La visite chez eux, la balade en voiture ? Même le restaurant ? Voyons !…

En panique, mais affaiblie par l'épuisement, Oriane s'imagine aller vers l'ancienne maison de ses parents et attendre, debout, en fixant les murs, et créant toute cette rencontre imaginaire dans sa tête.

Est-ce… quelque chose comme ça qui est vraiment arrivé ? A-t-elle des trous de mémoire, des espèces de… transes ou même des psychoses ?

Le rendez-vous avec son médecin, à 14 h. C'est le seul qui peut l'éclairer sur son état.

Mais c'est probablement en psychiatrie qu'elle devrait aller. Elle en parlera avec le docteur.

Autre chose la démange. Elle devrait prendre une douche, pour tenter de faire partir… *ça*. Ces odeurs, ces sensations encore présentes. Mais ça nuirait forcément aux preuves.

À moins que tout ça était faux, aussi ?

Non… Elle sent vraiment encore son odeur…

À cette pensée, elle passe tout près de vomir, mais se retient.

La police ne veut peut-être pas l'aider, mais le médecin pourra sûrement.

« *14 heures* » songe-t-elle, en serrant les poings.

*

Arrivée dans le métro, elle croise Bob l'itinérant, qui l'observe d'un air surpris.

Les sentiments qu'elle ressent…

Piteuse, elle éprouve de l'embarras, de l'humiliation. Elle a l'impression de se déplacer dans un corps souillé. Similaire à si elle déambulerait dans de vieux vêtements pas lavés depuis trois siècles, mais que les vêtements en question étaient sa chair.

Elle sent encore la semence de son frère en elle.

Concentre-toi, Oriane.

Des graffitis de Moloch partout…

Des gens, qui doivent avoir une vie si normale, en comparaison à la sienne…

Avant que Barthélemy ne surgisse dans sa vie.

Alors qu'elle entre dans le train et s'assoit, des flashs émergent dans son esprit. Elle se voit avec son frère, et celui-ci la force à plonger la tête dans le bol de toilettes rempli de défécations.

Puis un autre souvenir, où ils ont peut-être 19-20 ans. Il égorge un chien devant elle. Son chien.

Mais elle n'a jamais eu de chien ?

Mon dieu… Mais qu'est-ce que j'ai fait pour mériter ça.

C'est quoi ces faux souvenirs ?

À moins que ce soit de vrais souvenirs enfouis dans le déni ?

Elle ne comprend plus rien !

Des flashs de discussions avec son frère.

« Est-ce que les parents t'ont appelé ? »

« Non. »

« Ça serait bien étonnant. » avait-il rajouté.

Il n'a pas vraiment réagi quand elle parlait comme si les parents étaient en vie. Il n'a qu'émis ce petit commentaire.

« Papa disait toujours qu'il faut affronter ses problèmes. Qu'il ne faut pas tomber dans le déni. »

Il a dit ça, aussi. Est-ce que c'était une sorte de clin d'œil au déni d'Oriane ?

Après avoir quitté le métro, elle se dirige vers l'hôpital. Enfin, elle va avoir un peu de réponses ! La seule explication qui lui reste, la seule bouée dans cet océan de folie et de confusion, c'est sa maladie au cerveau. Seulement *elle* pourrait justifier tous ces non-sens. Ces hallucinations, ces bouts manquants dans sa mémoire.

Elle entre dans l'établissement médical, évolue dans ce grand couloir bleu, croise toute sorte de gens, puis arrive enfin à ce qu'elle cherche.

Voilà, la réception. Deux femmes derrière le comptoir. L'une est assez corpulente, mais avec un visage doux, souriant. L'autre est plus âgée et ressemble vaguement à l'actrice qui a joué Princess Leia, dans Star Wars.

— Bonjour madame, est-ce qu'on peut vous aider ? demande la dame au visage doux.

— Bonjour. J'ai rendez-vous avec le docteur Thomas à 14 h. Je suis Oriane Deschamps.

Leia sourcille face à cette annonce, et sa collègue fouille dans ses dossiers.

— Ça doit être un nouveau, murmure-t-elle. Vous avez bien dit Thomas ?

— Oui, c'est ça. Ça fait quelques fois que je le vois.

— Hmm, je ne comprends pas trop. Vous êtes sûre ?

— Y'a pas de docteur Thomas ici, tonne l'autre femme.

— Hein ?

— Vous avez dû vous tromper d'hôpital ? Ça se peut-tu ? demande la première dame.

— Tromper ? Ben voyons, j'suis pas conne, là ! Je suis venue ici ces derniers jours. Docteur Thomas.

Oriane tourne la tête ici et là, dans l'espoir de le voir par chance dans un couloir. Mais non.

— Calmez-vous, madame, dit la femme de sa voix de moins en moins douce. Je vous assure qu'il n'y a pas de docteur Thomas, ici.

— Bon !... Le docteur Boileau, alors ? C'est lui qui s'est occupé de moi au départ, quand je suis tombée inconsciente.

Cette fois, elle ne prend même pas la peine de vérifier.

— Non, pas de docteur Boileau ici non plus. Essayez un autre hôpital.

— Crime ! C'est à *cet* hôpital que j'suis venue ! Allez-vous comprendre !!

— Heille !! fulmine le double de Leia en se levant. On t'a dit qui'a pas ces docteurs-là icitte ! Fak va-t'en, sinon on appelle la sécurité ! C'est clair ?

L'adrénaline gonfle ses veines et ses yeux d'aigle ne quittent pas ceux d'Oriane. Intimidée, cette dernière recule de quelques pas puis décide de s'en aller.

Elle éclate d'un rire nerveux, sans retenue. Son cœur fatigué accélère la cadence.

Elle est folle. Tout simplement folle.

— Hahaha ! s'exclame-t-elle devant un patient troublé à sa vue.

Départ de l'hôpital. Maintenant, que faire ? La psychiatrie ? Et si elle rencontre un spécialiste, va-t-il disparaître de la réalité dans quelques jours ?

Hahaha !

Martin, qui a été piétiné à mort par on ne sait quoi, était-ce réel ?

Ha ! Haaahaha !

Peut-être tué par l'un des taureaux dessinés par Simon, qui sait !

— T'arrêtes tu de rire toute seule ? Sti de cruche ?

La voix aiguë, agressante qui vient de résonner appartient à une adolescente, plus loin, assise sur un banc du train de métro. Elle est avec une amie, qui semble hésiter entre supporter sa copine dans ses moqueries ou simplement agir en spectatrice.

Tiens. Elle est déjà dans le métro ?

— T'es-tu vraie, toi ? demande Oriane.

— Eh ?

Oriane examine son interlocutrice au visage joli à la base, mais touché par une solide acné. Elle a des piercings sous les lèvres et près des yeux. Son look fait un peu penser au style grunge de Nirvana, dans le temps. Chemise carreautée rouge et jeans bleus déchirés. Son amie à un look similaire, mais un peu plus distingué.

— Je t'ai demandé si tu es vraie. Tu pourrais au moins me dire ça !

— T'es une autre osti de fucké qui parle et qui rit toute seule dans le métro, hein ? Ferme là, tu déranges les autres passagers, ok ?

J'avais une vie normale, avant.

— Ah ouais, et si je me la ferme pas, tu vas faire quoi ?

Parler et rire toute seule… Elle pense à tous ces gens troublés, qui font pareil, qu'elle croise régulièrement dans la rue. C'est donc comme ça, dans leur tête ?

— Bitch, tu vas arrêter, sinon j'vais te faire bouffer tes beaux p'tits cheveux roux, ok ?

Je suis sûre que j'avais une vie normale avant. Oui.

Leur train en croise un autre. Oriane est presque certaine d'avoir vu Roland, le concierge, de l'autre côté, l'instant de quelques secondes. Il était toujours d'une pâleur rappelant les morts.

— Ok, c'est beau, je me tais, susurre Oriane d'un ton distrait, surprise par cette apparition.

— T'étais ben mieux !

Dernier regard noir, puis l'ado replonge les yeux sur son cellulaire, montrant des vidéos à son amie.

Ce n'est pas son arrêt, mais Oriane décide de débarquer, voulant éviter cette bizarre et tendue compagnie avec ces deux gamines.

Sa tête tourne. Tellement qu'Oriane se résout à cesser sa marche sur le quai du métro.

Un autre flash la submerge. Un souvenir qui était enfoui elle ne sait pas dans quelle cachette de son esprit. C'est elle-même, à genoux. À environ 22 ans. Menacée par un couteau tenu par son frère, elle est forcée de lui faire une fellation. Elle pleure, et son frère lui ordonne d'y mettre plus d'entrain et de gémir pitoyablement. Il l'insulte, et l'insulte encore.

C'est le noir. Le néant sombre.

Une parenthèse dans un lieu chaud

Des années plus tôt, des années plus tard ? Ici, on ne sait jamais vraiment

— Où est-ce que je su… se marmonne Oriane à elle-même, en se réveillant.

Ce sol, rocheux. Chaud. Presque bouillant.

Ah, non !

Elle est encore dans cet enfer caverneux ! Encore au même endroit.

Elle se rappelle. Oui, elle s'est évanouie. Dans le métro.

Foutu cauchemar. Tout recommence. La chaleur étouffante. La fumée. Le couloir qui s'étend jusqu'à cette intersection, avec le brouillard à droite et l'espèce de porte métallique à gauche.

— J'ai déjà donné ! hurle Oriane à pleins poumons.

Au moins, cette fois, elle est habillée. Même trop habillée. Son manteau d'hiver va la faire suffoquer si elle ne l'enlève pas tout de suite. Alors qu'elle le retire à toute vitesse, une idée la frappe. La porte, sur la gauche, avec la poignée brûlante…

Elle se dirige vers celle-ci et entoure la poignée avec son manteau. Puis tente de la tourner. Ça brûle quand même, mais c'est supportable. Allez ! Fuck ! C'est tellement rouillé !

Voilà ! Marquée par un grincement infernal, la porte s'ouvre enfin !

Derrière elle, un autre couloir, et… quelqu'un est assis.

C'est son frère !

Son œil gauche n'est plus, remplacé par un trou organique en putréfaction. Il est blessé un peu partout, sa peau est presque calcinée à certains endroits. Il tient… oh mon dieu, il tient… un morceau d'humain ?! Il n'y a que le haut du corps, la tête et un bras, le tout recouvert d'un sang séché. Et il est vivant ! L'homme inconnu tourne les yeux vers la nouvelle arrivée, en même temps que Barthélemy.

— Tiens, mais c'est… ma sœur, commente-t-il, la surprise prenant le dessus sur l'épuisement.

— Qu'est-ce que tu fais l… Tu n'existes pas. Tu fais partie du cauchemar.

En panique, Oriane tente de se convaincre. Elle ferme les yeux, se concentre.

— Ta sœur, Barth ? fait l'homme que son frère garde dans ses mains, comme une valise.

— Ouais. J'sais pas ce qu'elle fout là.

Un rugissement lointain, terrible, se fait entendre. Mais les deux hommes n'y prêtent presque pas d'attention, le regard vide, mais un brin fasciné par Oriane.

— Elle a l'air neuve, ta sœur.

— Tu viens d'arriver ? demande Barthélemy.

— C'est un cauchemar… Je me suis évanouie, et je suis apparue ici.

— Un cauchemar ? Beaucoup se disent ça, en arrivant ici ! s'exclame l'inconnu de rire.

— Je te présente Eugène, dit Barthélemy. Si tu es là aussi, ça veut probablement dire que j'ai échoué. Je n'étais plus sûr... Hé ben ! C'est pas grave, je vais me concentrer sur mon petit projet, ici. Il faut juste que me trouve de bons alliés.

Il a l'air déçu, mais une idée éclaire son visage.

— C'est tellement grand, cet endroit. Drôle de hasard que tu sois arrivée juste à côté de moi. C'est sûrement un de ses coups, pour rire de ma gueule...

— Quoi ? Le coup à qui ?

— Peu importe. Ça ne change pas grand-chose pour nous. À nous trois, on va peut-être rester en un morceau plus longtemps. Enfin, Eugène n'est plus en un morceau, mais son expérience m'a été utile. Il est mort pendant la Première Guerre mondiale, alors ça fait un certain temps qu'il est là.

Oriane observe Eugène, confuse. Malgré le décor infernal, et le fait que ce soit un cauchemar, la conversation semble très réelle.

— Qu'est-ce qui t'est arrivé à l'œil ? demande Oriane.

Elle se force à être courageuse et oublier ses peurs, car ce n'est pas son frère violeur qui est devant elle en ce moment, mais le fruit de son imagination onirique.

— C'est toi qui me l'as fait. Tu t'en rappelles pas ?

— Quoi ? Je ne t'ai jamais blessé à l'œil !

— Hmm…

Barthélemy se gratte le menton, pensif.

— Le temps n'est pas nécessairement linéaire, ici. Ça ne va pas forcément dans le même sens que dans le monde des vivants. Ça fait trois ans que je suis ici. Avant d'y apparaître, enfin, un peu avant, tu m'avais blessé l'œil.

— Je me souviens pas de ça.

— Tu es morte comment ?

— Je ne suis pas morte !

Barthélemy semble confus.

— Je ne comprends pas ce que tu fais là, alors.

— J'ai déjà vu ça, fait Eugène. Avec les pactes, parfois, les personnes dans l'entourage rêvent d'être ici, mais ne sont pas vraiment là.

— Quoi ? répond Barthélemy en fronçant les sourcils.

— Ça fait pas mal plus longtemps que toi que je suis ici, mon vieux ! J'en connais, des choses.

Oriane ne comprend rien. « Rêvent d'être ici » ? « Pactes » ?

— C'est où, *ici* ? Je ne comprends pas, demande-t-elle.

— En enfer, bien sûr ! répond Eugène. Ça ne paraît pas assez bien ? Tu as exploré un peu les lieux ?

— En enf…

— Hé oui ! Ici, on est éternels, on ne vieillit pas. Mais on tuerait pour redevenir mortels… Car même si on a le cerveau ou le cœur perforé, on est toujours en vie. Suffit de me regarder pour me croire, ma jolie. Même s'il ne reste qu'une demi-particule de nous, on continue de souffrir et d'exister. C'est ça, l'enfer.

Oriane respire de plus en plus vite.

— Tu es vraiment... le vrai Barthélemy ?

— Oui. De ce qu'il en reste.

— Pourquoi tu me fais... Pourquoi tu m'as fait tout ce mal ? Tu m'as même droguée, et...

Barthélemy esquisse un sourire teinté d'on ne sait quoi, d'ironie ou d'amertume.

— Tu ne sais rien, hein. D'accord, je vais tout te dire. Qu'est-ce que j'ai à perdre, de toute façon. La vérité c'est qu-

Le puissant rugissement de tout à l'heure retentit, cette fois très puissamment.

— Le spear va nous trouver, je crois ! s'exclame Eugène.

— Le quoi?

— Ouin... Faut décamper de là, confirme Barthélemy.

Voyant que son frère se redresse en tenant Eugène, Oriane l'imite.

— On va passer par l'autre côté ! On devrait pouvoir le semer, fait Barthélemy.

— Oui, vas-y ! crie Eugène.

x

Une douleur au cou réveille Oriane. Elle n'arrive pas… à respirer !

Au-dessus d'elle, Mala-ika.

Elle est en train de l'étrangler !

BARTHELEMY

Chapitre 19

10 ans plus tôt

En ce beau midi, dans le parc verdoyant juste à côté de leur maison, Barthélemy joue à se lancer la balle de baseball avec Oriane. Il commence son tournoi ce soir, alors il voulait s'échauffer un peu. Et puis, il sait que sa sœur aime bien l'aider à se pratiquer.

— Espérons que vous n'allez pas vous faire planter en première ronde comme l'année dernière ! se moque gentiment Oriane.

— Espérons ! répond son frère.

— On arrête ? J'ai un peu mal à la tête !

— Encore aujourd'hui ? Bon, ok ! De toute façon, faut aller dîner.

Dernier lancer, puis les deux adolescents se dirigent vers leur demeure.

Barthélemy replace sa casquette en grimaçant ; le soleil, cerclé de quelques nuages, est très imposant aujourd'hui. La rue est surplombée par les grandes maisons, presque toutes pareilles. Malgré son côté très classique, conservateur, Barthélemy et Oriane ont fini par s'attacher à leur nouveau quartier.

— Alors, tu rentres au cégep l'année prochaine ? Tu as hâte ? demande Barthélemy.

— Ouin, je sais pas. Je vais sûrement rentrer en Sciences humaines. Mais mon but, ça serait d'aller en Criminologie à l'université. Ça a l'air cool comme domaine. On verra bien.

— Cool !

— Et toi, tu le sais-tu ? Tu finis bientôt le secondaire, aussi.

— J'ai quelques idées… répond son frère en mettant ses mains dans les poches.

Il examine Oriane et fait la moue : son tic l'a trahi, et elle le connaît bien. Elle sait sûrement qu'il est gêné de lui révéler la réponse.

— Allez, comme quoi ! insiste sa sœur.

— Bah, je sais pas, je… Je pensais à humoriste, ou quelque chose comme ça.

Barthélemy se prépare à rouler des yeux, s'attendant à une moquerie de sa sœur, mais à son grand étonnement, celle-ci l'encourage.

— Tu fais souvent de bonnes blagues, je dois avouer… Ça doit être dur de percer dans ce domaine, mais je pense que tu peux réussir.

Barthélemy papillonne des paupières, surpris de la réponse d'Oriane.

Même s'il ne l'avouera jamais vraiment, il aime beaucoup sa sœur. C'est un peu comme la meilleure amie qu'il n'a jamais eue. Il a toujours apprécié son côté parfois serein, parfois désinvolte. Il y a un an, il a vécu un début de dépression sévère, mais elle a su trouver les bons mots pour lui remonter le moral. Elle a travaillé fort pour lui redonner goût à la vie et ça a fini par payer. Elle n'était pas obligée de mettre tant d'effort pour venir à son secours. Combien d'autres gens ont aussi des liens de sang, mais sont indifférents au sort de l'autre ? Beaucoup.

— On se trouve-tu un jeu de coop ce soir ? demande Oriane.

— Oui, bonne idée. Hé, tu saignes du nez !

— Hein ?

Oriane s'essuie les narines avec ses mains. Son regard est bizarre, vitreux.

— Ça va ? T'as l'air toute étourd…

Oriane s'effondre sur le sol.

— Oriane !

9 ans plus tôt

Dans la chambre d'hôpital, en compagnie de sa mère, Barthélemy observe sa sœur dormir. Elle semble si faible… Elle a perdu beaucoup de poids.

Le choc de la nouvelle ne s'est jamais vraiment estompé, depuis un an, lorsque le médecin a donné son verdict : tumeur au cerveau maligne. Les chances de survie à la base sont d'environ 20 %. Cependant, le cas d'Oriane est très particulier. Une chirurgie est impossible dans son état, car son crâne a des particularités singulières et ses os dans les zones touchées par le cancer sont très fragiles. Aussi, les cellules cancéreuses sont extrêmement résistantes à tout traitement. La chimiothérapie a dégradé son état général, lui donnant de l'asthénie, soit de la grande faiblesse, ainsi que de l'épuisement total au niveau physique et mental. Avoir un tel cancer à 16 ans est très rare. Il semble que toute la malchance du monde se soit acharnée sur elle et que les solutions soient inexistantes.

Sa mère est en sanglot. Son père est une nouvelle fois absent. En fait, il est incapable d'affronter le regard affaibli d'Oriane, ne voulant pas s'effondrer devant elle. S'effondrer… Barthélemy est à un cheveu de le faire. Sa sœur… Le médecin lui a donné quelques semaines encore, quelques mois tout au plus.

Les larmes ruissellent sur ses joues.

Il n'y a aucune solution.

Sa sœur va mourir.

Cette science médicale supposément tant avancée, résultat de centaines et de milliers d'années de recherche et d'évolution, est aussi inefficace que le serait une chèvre handicapée devant un ours polaire affamé.

Et c'est injuste.

Et c'est dégueulasse.

Il ne veut pas la laisser mourir. Combien de gens méritent plus de mourir qu'elle ? Des millions ? Des milliards ?

Elle n'a jamais fait de mal à une mouche.

Si Dieu était devant lui, il lui cracherait au visage.

— Maman ? Tu es là ? demande Oriane, les yeux fermés, fatiguée et le front en sueur.

— Oui ma jolie, je suis là.

— J'ai mal partout… C'est de pire en pire.

Une larme lui coule sous l'œil gauche.

Leur mère ne répond pas. Qu'est-ce qu'elle peut répondre ? Que les médecins vont lui donner des médicaments pour la douleur ? C'est déjà le cas. Et ils ne peuvent pas lui en donner plus. Mentir en disant que ça va aller mieux ? Ça serait aussi cruel que faux. Elle se contente de lui tenir la main.

Elle est complètement ébranlée, mais fait de son possible pour ne pas le dévoiler. Barthélemy le voit bien.

Il ne lui reste qu'une seule solution. Et c'est sûrement le délire qui lui fait supposer qu'elle a quelques chances de succès.

*

La nuit, pluvieuse, mais paisible, est tombée depuis un bon moment, déjà. La lune est pleine, magnifique et éclatante, brillant comme un diamant éternel. Malgré sa beauté, Barthélemy est démoralisé, écœuré en l'observant de par la fenêtre de son ami Michel. Il sait qu'Oriane n'en verra plus beaucoup. C'est peut-être même sa dernière pleine lune.

— Ça va, *bro* ? demande Michel.

Barthélemy se tourne vers lui, examine son ami, qui est égal à lui-même : habillé en noir, vernis noir sur les ongles, maquillage étrange autour des yeux. Il se prétend gothique, mais Barthélemy a toujours trouvé son style assez unique.

— Oui, ça va, ment Barthélemy.

Quelle question stupide, quand même.

— On essaye une dernière *shot*. Cette fois, j'ai suivi à la lettre les notes dans le vieux cahier de mon grand-père. J'suis sûr que ça va marcher.

Barthélemy hoche machinalement la tête et suit son ami dans le couloir sombre. Sombre comme toute sa maison. Le père de Michel est un « métalleux » assumé, adorant Marilyn Manson, Ozzy Osbourne et autres groupes de musiques considérés parfois comme controversés, associés souvent au culte du satanisme : comme Gorgoroth, Cannibal Corpse ou Bathory. Disons que sa demeure reflète beaucoup ses goûts, et qu'on pourrait penser que c'est l'Halloween à chaque jour.

D'après ce que Barthélemy a compris, ils sont tous un peu comme ça, dans la famille à Michel. Tous un peu marginaux, à part de la société, anticonformistes. Certains étaient plus intenses que d'autres, comme son grand-père, qui saccageait régulièrement des églises et qui était lié de près ou de loin à des sectes louches vénérant on ne sait quelle version de Satan.

Les deux arrivent dans la chambre de Michel, dont le décor est une continuation de tout le reste. Ils ont déplacé son lit sur le côté dans le but de faire de la place pour le gros cercle rouge qu'ils ont dessiné. Autour de celui-ci reposent des statues représentant des démons ainsi que des chandelles noires.

Barthélemy ne peut s'empêcher de lâcher un rire nerveux, qu'heureusement Michel ne remarque pas ; il ne veut pas lui manquer de respect. Le désespoir mêlé à la fatigue l'a convaincu qu'il y aurait... peut-être... une mini infime infinitésimale chance que quelque chose se passe, après la millième tentative de Michel.

— Ok, attends, je lis mon papier... ok, marmonne Michel, concentré.

— Tu penses que ça va invoquer quelque chose, cette fois ? demande son ami.

Barthélemy est sceptique. Il a toujours eu l'esprit très ouvert ; c'est l'une des raisons pourquoi il est pote avec Michel, d'ailleurs. Et il a effectivement vu des choses bizarres en sa compagnie, des choses qu'on ne peut pas expliquer, ou en tout cas, pas facilement. Mais là, essayer d'invoquer un démon, c'est...

— Oui, je pense ! Ok... Sacrificium... meum pro... te ? Te est daemonium, accipe et offer mihi paciscor...

— Hmm, murmure Barthélemy, dubitatif.

— Tiens-moi la main ! Ok! ... Sacrificium meum pro te est daemonium, accipe et offer mihi paciscor... Sacrificium meum pro te est daemonium, accipe et offer mihi paciscor... Répète les mêmes mots avec moi.

— Ok.

— Sacrificium meum pro te est daemonium, accipe et offer mihi paciscor.

— Sacrificium meum... pro te est... daemonium, accipe et offer mihi paciscor.

Et l'impensable survient. Une étrange lumière rouge, faisant penser à une flamme flottante, apparaît au milieu du cercle.

— Wooo... C'est quoi ça ? demande Barthélemy, la respiration rapide.

— Ça marche !

— On continue de dire les paroles ?

— Oui, encore un peu ! C'est censé grossir. Sacrificium meum pro te est daemonium, accipe et offer mihi paciscor.

— Sacrificium meum pro te est daemonium, accipe et offer mihi paciscor.

Effectivement, le feu volant grandit, et devient de plus en plus noir.

— Ok, on peut arrêter les paroles, annonce Michel.

Barthélemy arrête presque de respirer tellement il n'en croit pas ses yeux.

Michel a l'air en contrôle, dans son élément, comme s'il vivait le moment de sa vie et qu'il s'y était préparé durant toute cette dernière.

— Il faut faire un sacrifice ! Dépendamment du sacrifice, on pourra faire un plus gros pacte.

— Un plus gros pacte ? Ce qu'on veut ?

Le stress monte en flèche. La flamme est impressionnante. Maintenant presque aussi grande qu'eux. Heureusement qu'elle ne brûle pas les environs.

— Ça dépend. Plus le sacrifice est gros, plus le démon invoqué sera vieux, ancien, puissant. Là, on pourra faire un pacte plus important ! Tu comprends ?

— Un démon… Plus vieux ? Attends, je…

— Oui, plus c'est vieux, plus c'est dangereux.

— Plus c'est vieux, plus c'est dangereux ? Pour nous ? Attends, on devrait peut-être arrêter…

Attends. Un pacte ? Un marché ? Qu'est-ce qu'il peut demander ?

Cette scène est complètement folle. Surréaliste.

— J'ai ce qu'il faut ! s'exclame Michel. Attends ici, ok ? Sera pas long.

— Où tu vas ? Hé !

Laisse-moi pas seul avec ce… ça, merde!

Son ami s'éloigne, mais heureusement, il revient presque aussitôt. Il a une petite cage dans la main, contenant un lapin blanc.

— On va pouvoir sacrifier ça !

— Un lapin ? T'avais un lapin ici ?

— Ouais ! On va pouvoir lui demander sûrement quelque chose de pas pire, avec ça.

Un son étrange, malfaisant, ressemblant à un vent fort et sinistre, résonne autour de ce feu surnaturel.

Mon dieu. Ça marche. Il croyait son ami un peu fou, un peu cinglé, mais Michel a vraiment réussi.

Ça existe.

Les cercles invocateurs existent.

Et... Les *démons* existent ?

— Attends, Michel. Est-ce qu'on peut demander à l'un de ces... À un de ces démons de sauver Oriane ? Comment fonctionnent les pactes ?

— Je suis pas sûr. Les notes de mon grand-père sont pas mal *fuckées*, pas claires. Mais je pense que ça invoque un démon au hasard, dépendamment du sacrifice. Je crois pas qu'il peut sauver Oriane, mon pote...

Le bruit obscur s'intensifie, comme si le cercle s'impatientait.

— Tentions de pas aller dans la flamme, hein ! C'est là qu'il faut envoyer le lapin.

— Mais pourquoi ça marcherait pas ? Fuck, pourquoi on peut pas sauver ma sœur ?

— Faudrait un gros sacrifice, pour ça… Genre…

— Genre quoi ?

— Genre, un humain. Un sacrifice humain.

Le cœur de Barthélemy galope. Ses mains tremblent presque convulsivement.

— Faut se dépêcher sinon le cercle va disparaître. J'pense pas pouvoir refaire ça de sitôt ! Je vais sortir le lapin pour le jeter. Tiens-toi prêt. Ok? Go - Hé ! Qu'est-ce qu…

En larmes, les dents grincées, Barthélemy agrippe violemment Michel et le jette dans le feu.

— Ahhhhhhh !

Le sacrifié brûle intensément, et rapidement, jusqu'à disparaître. Aussitôt, une forme imposante, cornée, apparaît.

La silhouette sombre ouvre ses yeux rouges et observe Barthélemy. Mon dieu…. On dirait une sorte de minotaure, mais avec des piques partout sur son corps.

— Salutation, humain, dit la créature d'une voix caverneuse.

Le démon prend une grande respiration, très grande, et sur le moment, Barthélemy a l'impression qu'il aspire ce qui reste encore de l'âme de son ami.

— Merci pour ce repas. Je suis prêt à t'entendre, petit être. Quel marché veux-tu conclure avec moi, le grand Moloch ?

Le corps de Barthélemy se raidit complètement. Jamais il n'a eu aussi peur, mais il utilise toutes ses forces mentales pour passer par-dessus.

— J... Je... Je veux guérir ma sœur de sa tumeur au cerveau !

Moloch penche la tête sur le côté, observant attentivement celui qui l'a invoqué.

— Oriane Deschamps est son nom ! poursuit Barthélemy sur un ton plus déterminé.

— Hmm… Très bien, petit être. Je vais passer un marché avec toi, pour sauver ta sœur de cette mort certaine. Mais il y aura plusieurs conditions, qui seront pénibles pour toi.

Il éclate d'un rire infernal. L'aura sombre autour de lui s'amplifie, s'enténèbre davantage.

— Je m'en fous ! Si tu peux la sauver, fais-le ! Je veux pas la perdre !

— Très bien, très bien… Voici ce que tu devras faire. Écoute attentivement, petit être. Premièrement, à ta mort, tu iras en enfer, dans mon domaine.

Barthélemy serre les poings. Attend la suite.

— Deuxièmement, si tu meurs durant notre marché, d'une quelconque façon, ce sera considéré comme un échec. Si tu échoues à respecter ta part du marché, ta sœur sera toujours malade, elle ira aussi en enfer.

— Je vais respecter ma part !

— Si tu meurs, ce ne sera pas de ma main, c'est une promesse de ma part. Troisièmement, tu devras lui faire mal. Très, très mal. Tu devras la torturer, physiquement et mentalement. Je veux que la douleur soit intense, que tu brises son moral, que tu dépasses tous tes principes pour la faire souffrir.

Éberlué, Barthélemy baisse légèrement le regard, confus.

— Plus c'est extrême, plus je suis content, petit être. Je me nourris de cela. De cette peine, de cette douleur. Il y aura plusieurs phases, au fil des années. À chaque fois, sa tumeur sera guérie, et elle perdra la mémoire, comme tout son entourage. Ils oublieront tous tout ce qui est en lien avec la souffrance que tu lui as infligée, ainsi que tout ce qui est relié à moi. Il me semble que c'est très généreux de ma part, de jeter ce petit sortilège sur eux…

— J… Je… D'accord!

— Je m'impliquerai moi-même, surtout vers la dernière phase. Je prendrai diverses formes. Je perturberai les gens de son entourage. Je modifierai même une partie de réalité. Ta sœur, il faudra la briser. Si je ne suis pas satisfait, petit être, le marché ne tiendra plus. Je te ferai quelques suggestions, au besoin.

Il ricane sournoisement, sans quitter Barthélemy des yeux.

— Et à la fin, d'ici une dizaine d'années, peut-être moins, il y aura cette dernière fois. Cette dernière fois terrible, la plus affreuse possible pour ta sœur, et cette fois-là fera disparaître pour toujours son cancer. Elle, comme les autres autour, oublieront tout de ma présence, et de tes tortures. Le cancer ne reviendra pas, après cette dernière fois. Les autres fois d'avant ne seront qu'un répit temporaire. Toi, petit être… Tu te souviendras de tout. Tu devras porter ce poids sur les épaules…

Il agrandit son sourire, puis rajoute :

— Il ne restera, pour les autres… tout au plus que de très vagues souvenirs bizarres, comme des cauchemars ou des rêves vraiment étranges dont ils se souviendront à peine. Ça arrive à beaucoup, ces impressions-là. C'est moi ou mes frères, souvent, qui passons dans leur milieu. Alors… Acceptes-tu ? Je te laisse que quelques secondes.

C'est maintenant, Barthélemy.

Maintenant, ou jamais.

Maintenant, ou Oriane meurt.

Son cœur bat comme une locomotive effrénée.

Les médecins ne pourront pas la sauver.

Mais la blesser ?...

La torturer ?

— Allez ! Réponds, ou je pars immédiatement !

— D'accord ! J'accepte !

— Bien !

Il claque des doigts. Soudain, une grosse coupure apparaît sur la main de Barthélemy. Le sang coule.

— Qu'est-c… bafouille Barthélemy en reculant d'un pas.

— On se serra la main. Pacte de sang, explique Moloch en se coupant la main d'une griffe et en la tendant.

— … Ok. Je respecterai ma part du marché. Tant qu'Oriane soit guérie. Je ferai… tout ce que vous voulez.

— Excellent, petit être.

Ils se serrent la main. Le sang de Moloch est chaud, presque brûlant, mais il retient la main de Barthélemy.

— Nous nous reverrons très bientôt, petit être. En attendant, va donc visiter ta sœur. Quelque chose me dit qu'elle va mieux. Elle ira mieux pour un certain temps.

Une parcelle d'espoir travers le regard révulsé de Barthélemy.

Moloch disparaît sous un nuage de fumée et Barthélemy court vers la sortie de la maison de Michel.

Chapitre 20

8 ans plus tôt

Fixant les nuages cendreux qui flottent dans le ciel tourmenté, Barthélemy attend à l'entrée du bar, seul. À l'intérieur, ça semble assez animé, d'après les sons qui en résonnent, mais dehors, c'est tranquille.

Dans l'une des vitres de l'établissement, une ombre surnaturelle, étrange, apparaît, sous la forme d'un visage vague et corné. Barthélemy connaît bien ce visage.

« *Alors, petit être. Tu es prêt pour débuter ? Je t'ai laissé beaucoup de temps pour te préparer mentalement. Tu vois que je ne suis pas injuste.* »

— Je suis prêt, murmure Barthélemy.

« *Tu dois la perturber. Lui faire mal. J'ai faim, ce soir.* »

— Je sais ce que j'ai à faire.

« *Le savoir et le faire sont deux choses bien différentes. Nous verrons.* »

Le visage disparaît (de toute façon, il était sûrement visible que pour Barthélemy) puis le jeune homme entre dans le bar pour rejoindre sa sœur et deux de ses amies.

Le thème général de l'endroit est intéressant : il y a des décorations murales faisant penser à de la glace. De la fumée à base d'eau est projetée ici et là, ce qui le dérange un peu, mais apparemment, ça semble contribuer à la belle ambiance sur la piste de danse. Ça, et le DJ très enjoué.

Barthélemy retrouve Oriane plus loin, à une table en compagnie de ses deux copines. Au fur et à mesure qu'il se rapproche, il peut examiner ces dernières : la première est une petite brunette assez jolie qui y est allée fort sur le décolleté. Elle porte beaucoup de bagues et son regard est difficile à cerner ; une forme de timidité y règne, mais qui fait de son mieux pour se transformer en confiance et en détermination. L'autre est plus grande, blonde, élancée. Elle est vêtue d'un style plus décontracté, jeans bleus, t-shirt de Sailor Moon.

Oriane lui avait dit qu'elle voulait essayer de le matcher, et Barthélemy avait d'abord cru à une blague, mais à voir les yeux intrigués et intéressés des deux filles, il commence à réaliser que c'était sérieux.

— Salut ! lance Barthélemy en approchant.

— Hey ! répond Oriane d'un ton complice.

Ses deux amies se lèvent. Série de politesses cordiales et de becs - la brune lui caresse doucement le bras pendant le processus - puis tout le monde se rassoit. Barthélemy échange un regard avec la brune, qui se nomme Myriam, puis sourit à la blonde qui se nomme Dorothée. Il a toujours été gêné avec les filles, et sa sœur le sait bien. Voilà pourquoi elle a organisé cette petite soirée, alors qu'autrefois elle les réservait toujours à l'écart de sa famille, voulant peut-être conserver cette petite partie de sa vie pour elle-même.

— Contente que tu sois venue, dit Myriam de sa petite voix.

Michel lui a sans cesse dit qu'il était chanceux d'avoir une sœur d'à peu près son âge, que ça lui donnait un avantage de pouvoir « se pratiquer » à parler aux filles. Il lui a répété tellement de fois, même si à chacune d'entre elles, Barthélemy le traitait d'idiot en lui expliquant que c'est tout sauf la même chose.

La blonde, Dorothée, se concentre sur son verre, l'expression vaguement déçue. Peut-être n'est-il pas son genre. Il est vrai que Barthélemy, même s'il ne met pas beaucoup de photos de lui sur les réseaux sociaux, a toujours eu un certain talent pour bien poser sur celles-ci. Peut-être est-il décevant en « vrai ».

De toute façon, cette parenthèse illusoire de vie tranquille doit prendre fin : Barthélemy n'est pas là pour se faire une blonde, mais pour sauver sa sœur d'une mort certaine.

Et ça, par tous les moyens.

Mais Moloch ne lui a jamais interdit d'absorber des substances pour l'aider à s'activer. Il n'a jamais pris de drogue, mais ce soir, l'alcool devrait faire.

Il a gardé pas mal d'argent de ses jobs d'été. Ça devrait aider pour ce soir. Il décide donc de se rendre au comptoir et, dès que la serveuse se rend compte de sa présence entre deux demandes de clients, réclame 20 shooters pour sa table. Bref sourcillement de la serveuse, qui sourit, puis qui répond que sa commande est en route. L'autre serveur à ses côtés, un grand asiatique aux cheveux en queue de cheval, lui dit qu'il va apporter ça tout de suite.

Barthélemy se rassoit à la table. Oriane lui envoie un regard intrigué, mais ne lui demande pas ce qu'il a commandé, ni pourquoi il ne pouvait pas attendre qu'une serveuse passe comme tout le monde.

Les shooters au rhum arrivent effectivement vite.

— Tournée de shots ! annonce le serveur asiatique, en déposant le grand couvert rond rempli d'alcool.

Il s'éloigne, sous les regards surpris des trois filles.

— Woa ! Tu feel party ce soir, c'est rare ! commente sa sœur.

— C'est une bonne idée ! Moi je suis *in* ! On est vendredi, ou pas ? s'exclame Myriam.

— Je pensais que tu ne buvais pas, ou en tout cas, pas trop! Ben coudonc, tant mieux! lance Oriane.

Dorothée a une mine un peu plus sérieuse, dit qu'elle travaille tôt demain, mais accepte tout de même d'en boire quelques-uns.

Et la fête commence. Au fur et à mesure que la soirée avance, Barthélemy commande d'autres shots. Oriane finit par l'imiter, tout comme Myriam, qui se sentent peut-être obligées de faire leur part aussi. Myriam devient plus assurée, plus enjôleuse. Franchement, Barthélemy la trouve de son goût, et se demande s'il ne pourrait pas accepter de flirter un peu avec. Voilà un an qu'il se sent terriblement seul avec ce fardeau, ce pacte avec ce démon Moloch qui n'est réapparu que récemment pour lui rappeler son marché.

Barthélemy reste seul avec sa sœur pendant que les deux filles vont danser sur la piste. Pour une fille qui ne voulait pas fêter, Dorothée commence à être assez pompette aussi.

Lui faire mal.

Tu dois lui faire mal.

Il observe sa sœur.

Jamais il n'a vraiment fait de mal à personne.

Sauf une fois à l'école primaire, quand un autre élève ne cessait de le harceler, il avait fini par lui donner un coup de poing dans le ventre, et il avait eu des remords par la suite.

« Sa tumeur sera guérie, et elle perdra la mémoire, comme tout son entourage. »

Effectivement, Moloch a tenu parole et a même montré l'efficacité de ses pouvoirs sans que Barthélemy n'ait à faire quoi que ce soit. Après le pacte, Oriane avait quitté l'hôpital et allait beaucoup mieux. Et le plus bizarre : tout le monde sauf lui avait oublié sa tumeur. Même les médecins. C'était comme un mauvais rêve. Sa sœur était sauvée.

Mais maintenant, il doit payer le prix. Il doit régler sa part du marché.

Pendant que sa sœur sourit en regardant ses amies danser plus loin, Barthélemy se lève, et l'observe.

Lui faire mal…

Mais je ne sais pas, moi…

Il se met à lui tirer les cheveux. Le plus fort qu'il le peut, pendant quelques secondes.

Oriane se retourne brusquement, les sourcils froncés. Elle le bouscule.

— Qu'est-ce que tu fous ? T'as trop bu ou quoi ?

— Je, he… j… bafouille Barthélemy.

Il ne s'en est pas rendu compte sur le moment, mais c'est vrai qu'il se sent pas mal saoul. Au nombre de shooters qu'il a bu, ce n'est pas étonnant…

Constatant l'absence de réponse claire, Oriane finit par se retourner vers ses amies qui dansent toujours et qui n'ont rien remarqué, voulant oublier ce court épisode malaisant.

Confus, Barthélemy retourne vers le bar. Il commande une bière au serveur asiatique puis baisse le regard de honte.

— Tu plaisantes, j'imagine ?

— Hein ? répond Barthélemy en relevant les yeux.

C'est le serveur qui vient de lui parler. Il a les pupilles d'un rouge feu. C'est Moloch.

— Tu penses que je vais me nourrir de ces gamineries ?

— Je sais p… je sais pas comment -

— Va la tabasser.

— Quoi ?

— Regarde.

Le « serveur » montre Oriane du menton. Barthélemy se tourne, remarque qu'elle s'en va aux toilettes.

— Il n'y a personne d'autre dans les salles de bain pour filles. Va la tabasser à mort.

— Hein ? Non ! Je vais pas la tuer, quand même ! Ça ne fe -

— Fais comme si... J'empêcherai sa vie de la quitter. Mais je veux sentir une violence extrême, tu m'entends ? Si j'ai ne serait-ce... qu'une infime insatisfaction dans cette fichue toilette, le marché ne tiendra plus, et je lui ferai subir la plus virulente des tumeurs qu'il n'y ait jamais eu dans votre monde pitoyable. Tu m'entends ? Va !!

En sueur, Barthélemy tremble de tout son corps. Moloch va le faire. Il va vraiment le faire, si lui ne fait rien.

Il se lève, serre les poings, puis se dirige vers les salles de bain. Là où sa sœur est seule.

La tabasser...

Il ne peut pas faire ç...

Mais il le faudra.

Le bar est bondé. Il y a de bonnes chances que d'autres filles arrivent aux toilettes et l'interrompt, appellent de l'aide.

Il se rend compte que Moloch, toujours déguisé en serveur, le suit. Et, alors que Barthélemy s'apprête à entrer, Moloch lui montre un papier qu'il se prépare à coller sur la porte, sur lequel est inscrit « NE PAS ENTRER. TRAVAUX EN COURS. DÉSOLÉ DES INCONVÉNIENTS ». Il lui envoie un sourire empli de haine et de sournoiserie, un sourire que Barthélemy sait qu'il n'oubliera jamais.

Grande respiration avant ce… qui va arriver.

Il ouvre la porte.

Sa sœur est là, en train de se laver les mains.

Elle se retourne et remarque sa présence.

— Qu'est-ce que tu fous là ? C'est la toilette des filles ! Sérieux…

Le visage ?

Il s'avance.

Ça l'obligera à fermer les yeux et il ne verra pas son regard terrorisé, empli de confusion ?

— Hello? Sors des toilettes!...

Le ventre, peut-être ?

Les jambes ?

Il ne sait pas quoi frapper.

Il opte pour frapper brutalement son estomac. Et c'est en ce court instant, lorsqu'il voit le regard de sa sœur qui reflète la douleur et une sorte de peine instantanée, que Barthélemy réalise réellement le prix du pacte qu'il a passé.

— Qu... Pourqu...

Nouveau coup de poing en plein visage. Le sang gicle et Oriane tombe sur le derrière. Elle se retourne et tente de s'éloigner à quatre pattes, mais Barthélemy

Pour la sauver.

Lui attrape les cheveux, la tire vers elle.

Pour la sauver.

Il n'entend plus rien autour. Plus de musique, de sons, de voix.

Lui donne un coup de genou au visage. Elle perd une dent.

Pour la sauver.

Dans ses yeux, le désespoir. La consternation.

Il veut la frapper encore, mais un mal de cœur intense le surprend. Il se tourne et vomit dans le lavabo. Rigole de nervosité extrême. Il a eu le réflexe de vomir dans le lavabo.

" Arrête! J'ai mal! "

Est-ce assez ? pense-t-il en se retournant d'un air contrit vers Oriane.

On ne peut pas laisser le bénéfice du doute avec Moloch.

Il lui donne un puissant coup de poing sur le visage et Oriane tombe sur le dos, quasi assommée.

Puis un autre coup. Et un autre. Jusqu'à temps que les spasmes, les tremblements d'une violence extrême l'empêchent même de voir

    ou comprendre   ce qu'il y a

    autour.

Les larmes assaillent ses yeux.

Il vomit encore

en s'en rendant à peine compte.

Assez.

Il ne peut plus.

Il finit par entrevoir, malgré sa vision confuse, la porte de sortie de la salle de bain et fonce, l'ouvre, puis court le plus rapidement qu'il le peut. En chemin, il entend un vague « *pas mal* », puis la musique et le vacarme de la foule reprennent.

Il court. Court encore, et espère que son cœur s'arrête et se brise tellement il se hait en ces secondes.

Chapitre 21

4 ans plus tôt.

Il ne reste à Barthélemy que 20 dollars, mais il n'hésite pas une seconde à commander un nouveau Jack Daniel's à Tom, le barman qu'il connaît bien à force de venir dans cet endroit miteux.

En observant une vieille photo de famille qu'il vient de tirer de son portefeuille, il se perd dans la musique mélancolique de blues qui joue presque à tue-tête. Il les voit de moins en moins. Oriane aussi a cette impression, de ne presque plus le voir, mais c'est faux. Elle ne s'en souvient tout simplement pas.

Est-il toujours le sauveur ? En fait, il a le sentiment d'être un monstre. Il ne sait plus vraiment qui il est, depuis longtemps, maintenant. L'alcool l'aide, mais de moins en moins. Il faudra qu'il trouve une autre façon d'oublier. Oublier ce qu'il inflige à sa sœur.

Il est dans la rue depuis presque un an. C'est impossible pour lui, dans cet état d'esprit dépressif, anéanti, qui tient à peine en un morceau avec une lointaine détermination, de conserver un emploi. Il n'y arrive tout simplement pas. La force n'y est pas, ni la concentration et encore moins la motivation. Il avait trouvé un travail, il y a deux ans, qu'il avait gardé un certain temps. C'était par l'entremise d'une agence d'emploi un peu louche, qui embauchait surtout des immigrants fraîchement arrivés qui ne parlent que rarement anglais et encore moins français. Il levait des boîtes toute la journée dans des entrepôts, pour un salaire de misère, mais qui suffisait à payer son vieux deux et demie.

Moloch l'a prévenu qu'il devait faire attention de ne pas avoir l'air trop démoralisé en la présence de sa sœur ou de ses proches. Il ne fallait pas éveiller les soupçons sur quoi que ce soit, il fallait qu'il paraisse le plus normal possible. Sa seule solution a donc été de jouer le rôle du mouton noir de la famille, qui est parti faire sa propre vie de son côté et qui donne des nouvelles que très rarement. Tout le monde a un solitaire, dans sa famille proche ou lointaine, non?

La rue n'est pas aussi terrible qu'il le pensait, au départ. Peut-être parce qu'il n'éprouve plus aucun plaisir depuis longtemps, et qu'un mal être de plus ne change plus grand-chose, pour lui. Quelle différence entre dormir sur un lit doré de luxe ou sur le sol lorsqu'on est mort intérieurement. C'est pareil comme pour un cadavre : peu importe où est sa tombe, ça ne change rien pour lui.

Il réfléchit à ce que Moloch a dit à propos d'Oriane. Qu'il voulait peut-être s'amuser à lui faire voir l'enfer. Son domaine en enfer. Lors de cauchemars. Qu'il le ferait peut-être pour motiver Barthélemy et le convaincre de faire ce qu'il a à faire, et surtout, de bien le faire. Le démon doit être satisfait... Et il n'est pas simple ou facile de satisfaire un démon qui est vieux de plusieurs milliers d'années et qui a vu beaucoup, beaucoup de mal.

Barthélemy a perdu contact avec tous ses amis. Certains ont été un peu plus tenaces; ils voulaient rester en communication avec lui, mais ils ont tous fini par abandonner. Il n'y avait plus aucun point commun entre eux. Ils sont sûrement tous à l'université, promis à un avenir intéressant. Peut-être pensent-ils même à avoir leur premier enfant avec leur conjoint ou conjointe. Ça ne sert plus à rien à Barthélemy de s'imaginer un jour avoir même le cinquième de ce que ses anciens amis possèdent ou posséderont. Des projets. Un futur. Un certain temps, il croyait être assez fort, il croyait vraiment pouvoir à peu près redevenir « normal » lorsque tout ça sera fini et que sa sœur sera enfin sauvée de cette maudite tumeur, mais là... il sait qu'il ne sera plus jamais normal après le pacte. Il arrive à peine à faire semblant d'être normal, désormais, malgré les avertissements et menaces de Moloch.

Parfois, il entretient presque des conversations « normales » avec son démon tourmenteur. Ils discutent de la vie, de la mort, du temps, des gens, des animaux. Barthélemy a tenté de se renseigner sur cet enfer qui l'attend à la fin du marché. Moloch lui a expliqué que ce ne sont pas seulement les gens touchés par les pactes qui y vont, qu'énormément d'individus y sont entraînés, en fait. Que c'est un peu plus complexe que " tu agis mal : tu vas en enfer, tu agis bien : tu vas au paradis ". Que ce dernier n'est pas du tout comme les humains l'imagine. Moloch lui a aussi dit que certains peuples avaient compris que les morts apportent avec eux ce qu'ils avaient en leur possession, d'où les fameuses pièces posées sur les yeux des décédés, dans la Grèce antique. Le trouvant sympathique, Moloch a même un jour suggéré à Barthélemy d'apporter tout sauf des stupides pièces, que des armes ou défenses vont lui être bien plus utiles. Barthélemy a été surpris de recevoir des conseils apparemment honnêtes de son bourreau, et a fini par comprendre que les démons ne sont pas que des êtres méchants qui ne pensent qu'à martyriser, que c'est beaucoup plus complexe que cela. On dirait que pour eux c'est comme un… travail, ou une façon de survivre. Moloch lui a dit aussi que le temps et les réalités ne fonctionnent pas de la même façon pour lui que pour les humains, qu'il jalouse parfois les vivants d'avoir un temps si simple et linéaire, et a dit que Barthélemy peut être à plusieurs « temps » et « endroits », « réalités » en même temps.

Moloch lui a déjà montré une petite statuette, assez grande pour se faufiler dans une poche, représentant un taureau. Il lui a expliqué qu'il n'en a pas nécessairement besoin, mais que ça lui facilite beaucoup la tâche pour se transporter de ce monde jusqu'à son domaine en enfer. Qu'il faut la porter à l'une des grandes statues noires de taureaux, invisibles, sauf pour les démons et les morts, et qu'ensuite le voyage peut se faire.

Barthélemy lui a déjà demandé comment les démons voyaient la montée de la technologie chez les humains. Aujourd'hui, ils ne se battent plus avec des haches ou des épées. Il y a l'internet, l'astrologie, la physique, les armes de plus en plus destructrices et toute la montée de la technologie qui pourrait peut-être un jour permettre aux gens de vraiment voir Moloch, même de le blesser avec de nouvelles inventions, ou pire, de l'emprisonner pour l'étudier. Barthélemy s'attendait à un rire de la part de Moloch, mais celui-ci s'est montré préoccupé. Comme quoi même les démons ont leurs points sensibles.

Mais même lors de ces discussions calmes et intéressantes, Barthélemy ne peut jamais vraiment oublier dans quoi il était embarqué.

Il y a deux semaines, Barthélemy a dû couper lentement chaque doigt de main et de pied de sa sœur qui était enchaînée et ligotée sur une chaise.

« Adrénaline morte ». Tom le barman lui a dit que c'est ce que Barthélemy répétait sans cesse l'autre nuit, lorsqu'il était trop saoul pour prononcer une phrase à peu près complète. Il a compris un peu plus tard que c'est ce qu'il est, ou plutôt c'est ce qu'il ressent lorsqu'il doit à nouveau martyriser, terroriser, infliger des douleurs effroyables à sa sœur. Il y a l'adrénaline, encore, qui le réveille un peu, mais à peine pour le maintenir en fonction et faire ce qu'il a à faire. Mais c'est une adrénaline épuisée, morte. Il n'en peut plus. Mais il faudra bien continuer.

Encore quelques années, a promis Moloch. Ensuite, ça sera la dernière fois.

La toute dernière fois.

ORI

Chapitre 22

Aujourd'hui

Oriane griffe le visage de Mala-ika qui se recule, et arrive à se lever. Elle respire vite et fort, tente de retrouver le souffle que cette cinglée a voulu lui faire perdre.

— Dégage de moi ! Criss de folle ! Laisse-moi tranquille !

Mala-ika ne bronche pas du tout. Elle sourit, même, malgré la griffure.

— Tu sais à qui tu parles?

— À la chef de cette crisse de gang de...

Oriane tremble comme une feuille. Toujours confuse à la suite de ce réveil brutal, elle se rappelle qu'elle est encore sur le quai du métro. Les gens autour sont complètement indifférents à ce qui se produit ici.

Sauf ces quelques personnes, plus loin, qui observent la scène, l'air passif, mais conservant tout de même un certain intérêt. Tous des membres de la gang de rue H colom, Moloch, ou elle ne sait plus.

— Qu'est-ce qui se passe, ici ? demande un homme dans la quarantaine en veston cravate, accompagné de son ami.

Les deux semblent bouleversés par cette altercation entre les deux filles, mais, surtout, ils ne semblent pas être gênés de vouloir s'imposer et s'en mêler.

Enfin de l'aide. Enfin.

Sans le regarder ni répondre, Mala-ika s'essuie l'épaule. Aussitôt, une poudre rouge étrange s'en échappe et se projette sur les deux individus. Soudain, leur expression change, passant de déterminée à dubitative.

— He… Non, j'ai dû rêver. Allez, on continue de marcher.

Ils s'éloignent.

C'est quoi, cette poudre ?!

Elle l'a aperçue, l'autre fois, au restaurant avec Jordan

— Maintenant, on va s'amuser un peu, susurre Mala-ika.

La chef de la bande sort un couteau de sa poche et s'approche d'Oriane. Terrifiée, elle se tourne et s'enfuit jusqu'au bout du quai.

« Tu ferais mieux de t'arrêter, ou je sors mon gun, aussi ! »

Oriane monte l'escalier à toute vitesse. Horreur : malgré son impression qu'elle avait pris énormément d'avance en courant très vite, Mala-ika est juste derrière, en bas des quelques marches ! Elle a un fusil dans les mains !

Coup de chance fou : Mala-ika trébuche et se tourne la cheville, échappe ses deux armes. Le revolver tombe tout juste à côté d'Oriane, qui le prend sans perdre une seconde.

— Woo, woo, ok! Woo, répète Mala-ika en se levant et en levant les mains également.

— Je... Je t'ai dit de dégager ! hurle Oriane.

— Ok, panique pas ! Ok... Ok, je recule...

En effet, elle recule, et disparaît derrière le corridor du quai, en bas des escaliers. Par l'ouverture sur le côté, en hauteur, Oriane pourrait voir où son ennemi se trouve exactement, mais elle préfère poursuivre sa fuite. Va voir l'employé à la guérite.

— Hey ! Une fille m'a attaquée ! Elle avait un fusil, mais j'y ai pris, et...

L'homme dans la cabine. C'est... Roland, le concierge. Version fantôme.

— Non !...

Elle s'éloigne et fonce vers l'escalier roulant. Personne autour. Où est tout le monde ? Il n'y a que des graffitis « Moloch » partout !

De toute façon, même s'il y aurait des gens... Ils sont tous ou presque devenus aussi bizarres que cette Mala-ika.

Elle halète. Commence à se fatiguer. Mais elle est maintenant à la sortie du métro.

Même les policiers sont touchés. Suffit de penser aux deux clowns qui sont venus chez elle!

Dehors, le sans-abri élancé au chapeau, celui qui hurle tout le temps avec son affiche, l'interpelle. Il lui attrape même un bras.

— Je sais ce qui se passe, moi ! Je sais, je sais tout !

— Lâche-moi, toi ! tonne Oriane en se dégageant de l'homme et en poursuivant son évolution dans le quartier.

« *Je sais ce qui se passe ! Tu vas te faire avoir ! Y' a toujours une arnaque à la fin ! Ils respectent rien ! Ils m'ont pas respecté !* » continue-t-il de crier tandis qu'Oriane s'éloigne.

On est en plein jour, mais pourtant, presque personne dehors. Montréal est devenue une ville fantôme. Il n'y a que quelques très rares passants : des membres de H colom ici et là, discutant et fumant. Encore des graffitis de Moloch partout.

Bonne chose à propos de son arme imprévue : elle sait manier ce genre de revolver ; son cousin avec qui elle était assez proche un temps était militaire et lui a montré. Mauvaise chose : il n'y a qu'une balle. Une seule balle! Cependant, cette défense la rassure tout de même.

Jordan. Elle doit essayer. Peut-être est-il encore normal ? Ou qu'il est… redevenu normal ? Elle ne sait pas quoi faire d'autre.

Elle l'appelle. À son grand étonnement, ça répond presque instantanément.

« Oriane… »

—Jordan! Il faut que tu m'aides ! Il-

« Je t'ai dit de me laisser tranquille.

— Je peux pas me battre contre tout ça ! J'comprends rien de ce qui se passe ici ! Tu dois m'aider, criss !

« Ben y'a du monde qui veulent pas - que je t'aide - justement. Et je tiens à ma famille. Je suis désolé. »

Il raccroche.

Oriane n'a jamais eu aussi envie de balancer son cellulaire sur le sol.

Est-ce que l'autre jour, quand Jordan a monté en voiture avec le membre de gang de rue, ce dernier lui aurait fait des menaces pour l'empêcher de la voir ? Mais pourtant, il a été affecté par cette poudre qui rend dingue, aussi, non ? Est-ce que ça a une durée limitée ?

Coup de coude qui provient de nulle part. Oriane trébuche sur le côté. Son visage lui fait super mal. Son fusil est tombé plus loin.

Qui… Mala-ika ? Non.

En se relevant sur un genou, elle voit son frère arriver vers elle. Son expression. Elle est tellement… Vide. Épuisée, et pourtant remplie d'une détermination intense, instinctive.

Elle a l'impression de voir le mal en personne.

Barthélemy penche la tête sur le côté, observant sa proie avec attention, comme s'il la voyait pour la dernière fois. Puis il dit, un couteau en main :

— Je vais enfoncer ma queue tellement profond dans ta gueule que tu vas crever étouffée.

*

5 minutes plus tôt

Tel qu'ordonné par Mala-ika, alias Moloch (il en est de plus en plus sûr au fil des années) Barthélemy attend derrière une maison et fume une cigarette. Deux des gars de H colom, des gens sous le contrôle mental de Moloch, se tiennent près de lui, au cas où il aurait besoin d'aide.

Il ne sait pas trop où sa sœur est. Moloch lui a dit d'attendre, alors il obéit. Comme un chien obéissant, fatigué.

— Elle va courir et arriver pas loin de toi, dit l'un des deux gars près de lui.

— Hmm? marmonne Barthélemy en se retournant.

L'homme en question a soudain les pupilles rouges. Moloch est temporairement dans son corps.

— Oriane arrive. Il faut que tu te tiennes prêt. Je vais la faire fuir vers ici. J'ai fait semblant de chuter, alors elle va se croire en sécurité un peu. Fais-lui peur, amène là près de la station essence, là-bas.

— Ok.

— Pas la peine de lui faire mal ou de la blesser. Je veux qu'elle conserve toutes ses facultés physiques. Fais-lui peur. Trouve les bons mots.

— Oui, je sais comment faire, depuis le temps.

Moloch sourit.

— Tu sembles impatient. C'est rare. Mais c'est la toute dernière petite épreuve pour ta sœur. Amène là à la station. Je serai là, aussi, à l'attendre. Ensuite, on va charger dessus pour la terroriser.

— C'est tout ?

Barthélemy est surpris. Il attend des détails supplémentaires, car une torture si *soft* n'est pas le genre de son « patron ».

— Non. Tu vas avoir ça, pour maximiser la peur.

Il lui tend un couteau très tranchant.

— Rendus à la station essence, moi et toi chargerons vers elle avec chacun un couteau, menaçant de la tuer. On ne le fera pas, bien sûr. On touchera sa jambe, ou un autre point moins... fatal.

— Ensuite, c'est fini ?

— Ensuite, c'est fini.

— Ok, je m'en charge.

Barthélemy cherche dans sa poche et retrouve son briquet. Sa cigarette s'était éteinte, alors il la rallume.

— Barthélemy.

— Hmm?

— Ça a été très amusant de travailler avec toi.

La rougeur de son regard se dissipe. Moloch est parti.

*

H

Maintenant

Oriane croyait avoir le temps de se redresser et s'enfuir, mais son frère se jette sur elle. Elle retient son bras armé comme elle peut, puis, désespérée, lui mord brutalement la main. Surpris, Barthélemy lâche un rugissement et échappe son couteau. Oriane s'empresse d'attraper ce dernier et, en panique totale, frappe le visage de Barthélemy. Elle touche son œil !

Il y a… tellement de sang !

Oriane hurle de surprise en voyant la blessure qu'elle a causée, tombe et échappe le couteau par maladresse. Réussit à se relever à temps pour s'enfuir avant que son frère ne l'attaque. Réflexe éclair : elle prend le fusil sur le sol qu'elle avait oublié dans tout cet effroi et continue de fuir.

Se retourner ? Tirer ?

Son frère semble si près derrière qu'elle a peur qu'il ait le temps d'attaquer avant elle.

Il a sûrement repris le couteau ensanglanté.

Fuck ! Pourquoi tu l'as échappé ?!

Des membres de H colom, tout droit. Et sur la gauche. Il ne lui reste que cette ruelle. Elle court comme un fauve. Mais la fatigue commence à reprendre le dessus.

— C'est bon, Barthélemy. Tu peux cesser la chasse.

Cette voix ? Oh non.

Mala-ika.

Elle vient de donner un ordre à son frère ? Il obéit et arrête de courir vers elle. Désormais, il marche doucement, la main sanglante recouvrant son œil blessé, vers la jeune femme sombre. Celle-ci, calme, tient l'un de ses énormes colliers noirs autour de deux doigts et le fait tournoyer rapidement.

Les deux sont maintenant à une dizaine de mètres devant Oriane. Elle garde son fusil derrière son dos. Ignore si son frère a aperçu cette arme dans la précipitation de tout à l'heure et avec sa vision limitée.

Une seule balle. Mais Oriane n'hésitera pas à s'en servir.

— Pourquoi tu obéis à cette…

chose ? Oriane hésite à dire chose ou personne. Elle ne sait pas, ne comprend pas ce que Mala-ika *est* vraiment.

Même regard glacé dans l'unique œil de son frère. Mais une fatigue écrasante est bien encrée en lui. On dirait que tout comme elle, il n'en peut plus.

Des flashs de son viol la submergent à nouveau. Comment elle se sentait impuissante, désespérée, durant ce… cette…

— Pourquoi tu fais tout ça ?! hurle-t-elle.

— Tu devrais avoir compris depuis longtemps maintenant… qu'il ne peut pas répondre à tes questions, Ori. Il n'en a pas le droit.

— Quoi ?

Oriane se perd un peu dans le collier qui tournoie toujours, de plus en plus fatiguée.

— Tu es bien tenace, je te l'accorde. Beaucoup se sont écroulés dans ta situation, mais tu es toujours là, debout, devant nous. Vous êtes parfois surprenants, vous, les humains. Tu me rappelles vaguement Jeanne d'Arc. Quelques années plus jeune, mais sinon assez similaire, en caractère et en apparence.

Oriane ne sait pas quoi répondre à tout ça.

— Allez, Barthélemy. Il est temps. Un dernier petit coup de terreur, et c'est terminé.

Le visage de son frère brille soudainement d'une forme... d'excitation. Il hoche la tête et dresse son couteau. Mala-ika laisse tomber son collier et empoigne également une lame similaire.

— On y va ! s'exclame Mala-ika.

Aussitôt, le duo fonce vers Oriane, en brandissant leurs armes coupantes.

— Tuons là !! hurle la femme sombre avec rage.

Non ! Je... Je n'ai qu'une balle, je ne peux pas tirer sur les deux !

Mais je n'ai plus de force… Mes jambes sont… paralysées par la fatigue !…

Les mains d'Oriane tremblent, mais elle ne fera plus tomber ce fusil, qu'elle serre.

Sur qui tirer !

Les flashs horrifiants de ce que Barthélemy lui a fait subir ressurgissent. Plus jamais elle ne sera pareille… Elle est brisée. Anéantie !

À cause de toi !

Barthélemy est surpris, remarquant enfin le revolver. Trop tard. Oriane lui tire en plein cœur.

Il s'écroule.

L'effroi s'empare d'Oriane. Elle pointe maintenant l'arme vers Mala-ika, mais celle-ci cesse sa course, recule doucement.

Barthélemy est en convulsions. Il crache du sang.

Il va mourir !

Son frère va mourir !

— T'as... T'as essayé de me tuer... Pourquoi... Qu'est-ce que j'ai fait pour mériter ça... dit Oriane.

Les larmes inondent ses yeux. Elle s'approche doucement de son frère. Dépose ses mains sur sa blessure mortelle, pour empêcher vaguement le sang de s'échapper, comme par réflexe, mais en vain. Veut-elle le sauver ? Elle ne sait pas. Elle ne peut pas. De toute façon...

La surprise dans son œil. Jamais elle ne l'a vu si surpris.

— Tu... Elle sav... Elle savait, pour le gun, hein... Mala-ik... a, lâche son frère entre deux crachats de sang.

Il a un sourire mystérieux, ironique.

— Je... suis désolée... laisse-t-elle échapper.

Elle se remémore quelques beaux souvenirs avec son frère, tandis qu'un dernier souffle se soustrait de son corps.

Il est mort.

— Tu as choisi. Tu avais une balle, et tu as choisi ton propre frère.

Oriane se relève. Elle voudrait exploser de colère, mais n'en a plus la force.

— Mon frère était un monstre ! Il n'avait plus rien à voir avec celui qu'il était !

— Je suis dangereuse, aussi. J'ai essayé de te tuer, plus tôt. Mais tu as préféré tuer ton sang.

— Fuck you!

Il y a des formes derrière Mala-ika. Vagues. Sombres.

— Tu sembles manier cette arme relativement bien. Tu n'as pas essayé de tirer dans ses jambes ?

Elle regarde son frère de son regard épuisé, épouvanté.

— Fuck you, esti!

— Arrête donc de me pointer avec ce fusil. Il est vide, tu as oublié ?

Elle est tellement calme. Totalement l'opposé d'elle.

Il y a eu un coup de feu, mais personne autour. On dirait vraiment que le quartier, ou même la ville, sont déserts.

Est-ce des enfants, derrière Mala-ika ? Brûlés, déchirés. Ils sont vraiment flous, comme transparents, presque totalement invisibles.

— Tu sais quoi ? Je me suis bien amusée. En récompense, je vais te révéler la vérité. Le fait de ne pas savoir, de ne pas comprendre, est l'une de mes tortures préférées, mais tu y as assez goûté.

En un éclair, elle lui attrape la main. Oriane n'a pas le temps d'être surprise qu'un afflux chaotique de souvenirs la submerge. Des souvenirs qui ne sont pas les siens. Ça va beaucoup trop vite ! Mais ça finit par se stabiliser. Elle finit par les voir, les comprendre. C'est la vie de son frère. Sa vie cachée, brisée.

— Tu sais, maintenant, fait Mala-ika.

Un des divers enfants derrière elle se met à pleurer en échos, comme compatissant.

— Je… Est… ce que c'était réel ?

— C'est beaucoup d'informations d'un coup pour une simple humaine, mais je crois que tu as saisi l'essentiel. Tout était réel.

« *Très bien, très bien… Voici ce que tu devras faire. Écoute attentivement, petit être. Premièrement, à ta mort, tu iras en enfer, dans mon domaine.* »

« *Deuxièmement, si tu meurs durant notre marché, d'une quelconque façon, ce sera considéré comme un échec. Si tu échoues à respecter ta part du marché, ta sœur sera toujours malade, et elle ira aussi en enfer. Si tu meurs, ce ne sera pas de ma main, c'est une promesse de ma part.* »

« *Troisièmement, tu devras lui faire mal. Très, très mal. Tu devras la torturer, physiquement et mentalement. Je veux que la douleur soit intense, que tu brises son moral, que tu dépasses tous tes principes pour la faire souffrir.* »

« *Plus c'est extrême, plus je suis content, petit être. Je me nourris de cela. De cette peine, de cette douleur. Il y aura plusieurs phases, au fil des années. À chaque fois, sa tumeur sera guérie, et elle perdra la mémoire, comme tout son entourage. Ils oublieront tous tout ce qui est en lien avec la souffrance que tu lui as infligée, ainsi que tout ce qui est relié à moi. Il me semble que c'est très généreux de ma part, de jeter ce petit sortilège sur eux…* »

— Il est mort, tout juste avant que ce soit complètement fini. Et ce n'est pas de ma main. Mais de la tienne.

— Espèce de…

— Il a donc échoué. Le marché ne tient plus.

— Le… marché ?

Tout ça était un… marché ? Oui, tout devient de plus en plus clair. Le rideau sombre se tire dans son esprit.

— Tu vas retomber malade, et mourir… d'ici un an, peut-être. Tu iras en enfer, dans mon domaine. Je me sens généreux, aujourd'hui. Je t'enverrai tout près de lui.

Mala-ika éclate d'un rire infernal. Les enfants derrière se reculent, apeurés, puis se dissipent.

— Le temps chez nous ne fonctionne pas de la même façon qu'ici. Vos mots et votre esprit sont trop limités pour que je te l'explique. Ce n'est pas une ligne claire, définie comme pour vous. Mais disons que même s'il vient de mourir ici, ça faisait déjà un certain moment qu'il était dans mon domaine. Tu l'as déjà aperçu, dans l'un de tes cauchemars, il me semble.

Elle sourit, penche la tête sur le côté.

— Tes parents n'étaient pas vraiment morts. C'était un tour de passe-passe. Supporté par quelques paroles et sous-entendus de Barthélemy, et une manipulation de ton amie Judith pour te faire croire que tu étais folle de les penser encore vivants. Tout va redevenir normal, maintenant, autour de toi. Tu garderas les souvenirs. Mais pas les autres.

Oriane se souvient de paroles de son frère.

« *La vie est étrange, parfois. Elle peut nous jouer des tours, nous tromper. Faire du mal à ceux qu'on aime. C'est une fatalité qu'on se doit d'accepter.* »

« *Mais je n'ai jamais pu le faire.* »

Tout ça, c'était… faux ? Organisé ?

« *Je pense qu'il y a des êtres mauvais qui étaient autrefois bons, qui se sont perdus le long du chemin. Ça peut arriver, de partir avec une certaine bonne volonté, de se battre pour quelque chose en laquelle on croit, même si ça finit par nous dévorer.* »

— Je te donne un conseil, Ori. Profite bien de ce qu'il te reste de vie. Ne crie pas à tue-tête ici et là comme ce sans-abri ridicule qui essaye de prévenir les gens. On se reverra dans mon domaine, bientôt.

ÉPILOGUE

Une parenthèse dans un lieu chaud

Des années plus tôt, des années plus tard ? Ici, on ne sait jamais vraiment

Léo a une moue entendue en continuant de masser sa jambe.

— C'est vrai que c'était une histoire intéressante. J'aime bien écouter les histoires des gens que je croise. C'est tout ce qu'il nous reste ici, nos histoires.

Il examine la fille au capuchon noir, puis lance :

— Alors toi, dans le fond, tu es Oriane, c'est ça ?

Oriane hoche de la tête, puis retire son capuchon, révélant son visage à demi brûlé ; cadeau d'un démon cracheur de feu il y a quelques semaines.

— Pourquoi tu caches ton visage ? Tu dois pas avoir honte. Plein de gens ici ont une bien pire apparence, t'sais.

— Je sais. C'est un réflexe.

— C'est quand même cool de la part de Moloch de vous avoir mis ensemble en enfer.

— On va pouvoir le remercier personnellement bientôt, dit Barthélemy.

— Hein ?

Le frère d'Oriane fouille dans ses poches. Léo est intrigué par ce que Barthélemy veut lui révéler, mais aussi par quelque chose d'autre :

— Les souvenirs te sont tous revenus, Oriane. Y'a pas un semblant de malaises entre vous ? Ton frère t'a quand même infligé par mal de trucs.

— Ici, c'est la survie qui compte. On n'a pas le temps de penser à ce genre de choses, répond Oriane d'un ton sec.

— Hmm... Pas faux.

— Va falloir retrouver notre ami Eugène, aussi, fait Barthélemy. On l'a perdu en chemin lors d'une fuite. Voyons...

Il a de la difficulté à sortir ce qu'il veut de sa poche, puis y arrive finalement. C'est une petite statuette de taureau.

— Je l'ai volé à Moloch juste avant de mourir. Je soupçonnais qu'il allait essayer de me doubler vers la fin. C'est un démon, après tout.

Oriane sait déjà ce que c'est, mais Léo est particulièrement intrigué.

— Quoi, tu as piqué ça à Moloch ? C'est quoi, ce truc ?

— Moloch lui-même m'a dit que ces statuettes-là lui permettent de voyager entre son domaine en enfer et le monde des vivants. Il suffit de trouver une statue de taureau plus grosse, genre de taille réelle, et on peut faire le voyage.

— Quoi ? On pourrait… Revenir sur terre ?

— Oui. Suffit de trouver une statue, répète Barthélemy. J'ai déjà rencontré des gens qui en ont vu. Eugène sait où il y en a, aussi.

— C'est vrai qu'une femme m'a déjà dit qu'il y avait une statue de taureau au milieu de nulle part. Genre à peut-être deux jours de marche d'ici. Elle pensait que c'était juste pour honorer Moloch, mais…

Quelque chose scintille dans les pupilles de Léo. Peut-être un espoir, chose qu'il n'a pas eue depuis très, très longtemps.

— Seuls les morts et les démons peuvent les voir. Ça ne devrait donc pas être un problème pour nous.

— Ce qui reste à planifier, c'est ce qu'on fera une fois de retour, explique Oriane.

— On a quand même un début de plan intéressant, fait Barthélemy.

Sa sœur hoche la tête, mais Léo attend la suite.

— Il y a plusieurs semaines, on a découvert un groupe qui se défend très bien contre les démons, poursuit le borgne.

Léo fronce les sourcils et commente :

— La seule défense contre les démons, c'est la fuite. C'est pas à vous que je devrais apprendre ça.

— Non, ceux-là se défendent et en tuent, même. Ce sont des militaires américains. Des genres d'unités d'élite. Ils sont morts en même temps, à cause d'une explosion, ou un produit chimique dans l'air, je sais pas trop. Ce qui est intéressant, c'est qu'une bonne partie d'entre eux sont apparus ici ensemble, ou tout près l'un de l'autre, et ils se sont retrouvés.

Léo se gratte la tête, à moitié satisfait.

— C'est bien, mais militaires ou pas…

— Ce n'est pas tout. Dans leur département, ils expérimentaient toute sorte d'armes spéciales, à la fois destructrices et autonomes. Certaines, par exemple, se rechargent avec la chaleur. Et ce n'est pas ça qui manque, ici.

Le scepticisme de Léo se transforme en stupéfaction. Barthélemy poursuit :

— C'est des armes qui étaient classées ultra-secrètes, hyper puissantes, utilisant les dernières technologies. Eugène m'a dit que certaines propulsent des lasers extrêmement dévastateurs. Ces gens-là ne fuient pas les démons. Ils les tuent. Et leur base devient de plus en plus impressionnante. C'est ce qu'Eugène m'a dit. Et d'autres gens, aussi. Ça commence à se faire savoir. J'en ai moi-même vu un à l'œuvre, un militaire, de loin. C'était la première fois que je voyais un démon s'écrouler.

Léo laisse échapper un rire nerveux.

— Hé ben. On dirait que je suis tombé sur les bonnes personnes. Tu peux compter sur mon aide ! Je m'attendais pas à avoir de l'espoir, ici.

— On va leur porter la statuette et les accompagner jusqu'à une statue de taureau, revenir dans notre monde… et rendre la monnaie de sa pièce à Moloch.

FIN

Merci de m'avoir lu. J'espère que vous avez aimé ! Si vous avez un moment, n'hésitez pas à me laisser un commentaire sur Amazon :)

Alexandre Charbonneau est un auteur fasciné par le Moyen Âge et l'Antiquité. Il aime jongler entre les genres fantastique, fantasy, et récemment, horreur. L'action et la création de personnages tordus sont ce qu'il préfère lors de l'écriture. Il a d'abord écrit le roman fantastique Rêves et cauchemars avec les éditions AdA, la trilogie fantasy Les mercenaires, ainsi que Dévoria : L'épée de la gloire. De son côté, il a aussi publié la série fantasy Antihéros et le roman d'horreur Une dernière fois. Un autre roman devrait sortir sous peu avec les éditions Corbeau.

Autres romans de l'auteur :

- Antihéros. Série fantasy à l'humour noir et absurde.

- Rêves et cauchemars. Roman fantastique

- Les mercenaires. Série dark fantasy.

- Dévoria. Roman fantasy.

Manufactured by Amazon.ca
Acheson, AB